Los días hábiles

Sergio
Gutiérrez
Negrón

Los días hábiles

Sergio
Gutiérrez
Negrón

Ediciones Destino
Colección Áncora y Delfín

Esta edición de *"Los días Hábiles"* es publicada por acuerdo con Ampi Margini Literary Agency y con autorización de Sergio Gutiérrez Negrón.

Diseño de portada: Planeta Arte & Diseño / Daniel Bolívar
Fotografía de Sergio Gutiérrez Negrón: cortesía del autor

Bajo el sello editorial DESTINO M.R.
Avenida Presidente Masarik núm. 111,
Piso 2, Polanco V Sección, Miguel Hidalgo
C.P. 11560, Ciudad de México
www.planetadelibros.com.mx

Primera edición impresa en México: abril de 2020
ISBN: 978-607-07-6745-6

Impreso en los talleres de Impregráfica Digital, S.A. de C.V.
Av. Coyoacán 100-D, Valle Norte, Benito Juárez
Ciudad De Mexico, C.P. 03103
Impreso y hecho en México - *Printed and made in Mexico*

I

Carla María piensa en aquel día —tan largo como ninguno—, muchos años después, y se ve en el asiento del pasajero, tragada por la oscuridad, observando no ya a sus compañeros o a la autopista repleta de automóviles que se estira desde el vidrio hasta el fin del mundo, sino al pequeño cuerpo negro-púrpura que escapa de una de las ventanitas del acondicionador de aire, los minúsculos ojos compuestos que estudian sus alrededores sin preocupaciones, la pieza bucal que mastica sin parar, las patas largas y espinosas que lo llevan a recorrer el tablero del vehículo, a detenerse por un segundo, y desde ahí a llamar la atención a los otros tres pares de ojos que están a bordo, queriéndoles decir algo con el movimiento incesante de sus antenas, algo que todos —Carla María quizás puede jurar esta parte— se detuvieron a intentar escuchar, como si fuera posible descifrar el mensaje.

Recuerda ese momento en cámara lenta, como esas escenas nostálgicas en las películas en las que el editor disminuye la velocidad de la cinta para permitir que la mirada del camarógrafo registre los rostros de cada uno de los tripulantes y para que el televidente, que ya habrá visto a los actores que interpretan a los personajes una vez mayores, comente lo mucho que se parecen y, también, para que participe, aunque no lo diga, en la sensación de que hay algo que definitivamente se pierde con los años. Así, ve el rostro serio de María C., que está al volante de la miniván y es la más chiquita, y que estaría casi por completo a oscuras si no fuera porque la luz que se refleja en el retrovisor le alumbra en forma de antifaz los ojos, tan lindos. A su lado, el asiento del pasajero está vacío y la cámara atrapa a Carlos en pleno movimiento, sus labios a media palabra, cruzando hacia los asientos traseros, donde está ella, Carla María, con sus párpados cerrados, respirando profundo, preguntándose por qué, por primera vez en mucho tiempo, no siente ningún tipo de ansiedad. La cámara, entonces, se desplaza, con una suavidad de movimiento que da una sensación como aérea, hasta el asiento trasero donde el espectador minucioso podrá notar, echada a la esquina, una bolsa de plástico blanca, a través de la cual se pueden ver montones de dólares tirados a la prisa. Casi cuando la mirada regresa a Carlos, que ya ocupa el lugar al lado de ella y apunta con su dedo índice hacia afuera, la velocidad se recupera, de un tirón, justo a tiempo para atrapar un movimiento repentino y rápido que, con un estrépito, se revela como un periódico enrollado de la mano derecha de María C., y debajo del mismo las sobras del cuerpo de la cucaracha.

Así lo recuerda en sus buenos días, en los que despierta antes de que suene la alarma del reloj y el mundo comience su asedio. No se dan a menudo, pero se dan. Solo queda disfrutárselos. En su cama, Carla María intenta no moverse mucho por miedo a que con el friito de las sábanas y las colchas escape la buena sensación, y la escuche el gallo del vecino y rompa a cantar.

Los días, para Carla María, se dividen últimamente en los raros, los que comienzan como ese, con el pie derecho —¿qué fecha es hoy?, se pregunta, sin querer mirar su teléfono celular, y, de adentro, le responde el mismo coro de niños imaginarios de siempre: «hoy es viernes, primero de junio del 2016», como en el colegio— y los otros días, los que se desenvuelven como un catálogo de ansiedades, días en los que se hace una cosa pensando en todas las demás que hay que hacer, las que no se están haciendo por estar envuelta en esa y, quizás peor que todas, las otras, las que atacan desde los márgenes, las imposibles, las que nadie comprendería. Por ejemplo, que en ese momento un azaroso ataque de asma le apriete los pulmones y la asfixie allí mismo, dejándola muerta como aquel tío que a duras penas recordaba de su niñez. O que un helicóptero que esté sobrevolando el área pierda un aspa a medio viaje, y el pedazo gigantesco de cuchilla afilada perfore su ventana y la golpee exactamente debajo de la rodilla derecha, cercenándosela y garantizándole una silla de ruedas por el resto de sus días. O, quizás, esta peor que las anteriores, que la grieta que cruza el techo de toda la casa y que ha venido expandiéndose durante el pasado año ceda por fin y caiga —no encima de ella, porque ella sobreviviría, y eso es lo que lo haría peor, sino encima de su nena, Magali, que aún debía estar dormida, y, quizás, sería tan de repente el golpe mortal que la nena ni lo sentiría—. ¿Qué sabía ella de enterrar a alguien, de buscar ayuda en caso de emergencia? No le quedaría más que salir a la calle corriendo, así, en su camiseta y en panties, a gritar, y, después, la gente cuestionaría su supervivencia y habría quien lo pensaría sospechoso, y quien revelaría lo de sus ataques de ansiedad, y entonces ¿qué? Además, digamos que todos la ayudaran, ¿qué haría ella entonces, sin la nena? ¿Cómo se bregaría con tanto luto? ¿De dónde se sacarían las ganas para todo eso?

Viernes 22 de julio de 2005: el día del asalto, el día del robo, de la fuga. Ese fue un buen día. O, por lo menos, eso parecía ahora. ¿Es un asalto si no hay víctimas? ¿Es un robo si nadie se percata de que algo hace falta? ¿Es un crimen si los únicos que lo piensan como tal son los individuos que de repente presionan una tecla de una máquina registradora y se dicen «ya no más», y salen corriendo, con el dinero en la mano, y abordan una vieja miniván blanca de prisa? ¿Es un delito si la premeditación es vacua, vacía, llanita? ¿Importa?

Por supuesto que importa, responde Carla María en sus buenos días, y ese es uno de ellos.

Decide ponerse de pie, porque tiene que levantar a la nena para llevarla al cuido. Tiene que levantarse ella, también, porque es un día laboral, porque a todas luces se supone que en dos horas y media esté en la oficina del dentista donde trabaja como asistente. Piensa «se supone» porque había decidido no ir a trabajar hoy. Ya desde ayer le comentó al jefe que tenía una cita médica seria, que llegaría solo si salía a tiempo. Quizás sea el tener otros planes lo que explica el buen día. Quizás el tener otros planes sea lo que la hace recordar aquel viernes de julio.

¿Cuánto tiempo tiene que pasar para que un conspirador deje de serlo? ¿Sobrevive alguna confianza una década?

La casa es chiquita. Si fuéramos sinceros diríamos que es más bien un apartamento. Está en los altos de una residencia en la calle España, en Bairoa. Los dos cuartitos dan a una sala que, si no fuera por una barra de madera, contendría también la cocina. Carla María a veces piensa que es lo suficientemente pequeña como para aburrir a un ciego. La camina sin problemas a oscuras, llega a la nevera, saca un vaso de leche, lo pone en el microondas y, treinta segundos después, está abriendo la puerta de la habitación de la nena. Siempre se detiene un segundo antes de despertarla y se dice «calma», se dice «zape, ansiedad» y suele funcionar. La nena siempre se queja, pero Carla María insiste y le espeta el vaso de leche en las manos, y la nena se lo bebe y despierta: ¿por qué les gusta tanto el sueño a los niños?

Fue solo cuando estaban llegando a la miniván, aquel viernes de 2005, con el corazón a mil, que se percataron de que faltaba uno de ellos. Ella se dio la vuelta y lanzó un último vistazo a la vitrina. Lo vio allí, una silueta negra en contra de los grandes vidrios encendidos, una segunda luna en aquella noche veraniega que alumbraba todo el estacionamiento. Quizás les dio tan duro a los otros como a ella. Lo raro fue que nadie lo mencionó. Quizá era su responsabilidad hacerlo. Al fin y al cabo, había sido ella quien propuso el robo, el asalto. Si partía de esa premisa —y no lo hacía a menudo— la renuncia del heladero bien podía considerarse una traición. No a ella, sino a todos.

«No», se interrumpe rápido, y se dice que no había traición posible. Tanto como la posibilidad de que se cayeran los techos de su casa, o que se perdiera entre las góndolas de un supermercado, las palabras grandes —y traición era una de ellas— la estresaban, la ahogaban. Además, en ningún momento del plan, si es que podía llamársele así a aquel montón de casualidades y ocurrencias que los llevaron a coincidir, se había estipulado la participación como obligatoria. Todo lo contrario: lo increíble, lo que la llevaba a pensar en esa noche en días como ese, fue precisamente lo abierto de todo aquello, lo incondicional.

No siempre recordaba aquel viernes con tanto esmero. Pero uno de ellos, uno de los heladeros, la llamó ayer después de tantos años y no solo la hizo recordarse de cómo había sido ella misma a los veintitrés años, sino también lo amiguera que había sido hasta aquel 22 de julio, fecha en la que coincidían tanto el punto más alto al que llegó la intensidad de sus amistades con el acantilado del que se despeñó esa parte de su personalidad.

A sus treinta y tres años, a Carla María se le había pegado ese extraño catarro que algunos llaman melancolía. Enfermedad mortal para las personas que sufren de ansiedad e intentan sobrellevarla sin medicamentos, porque les llena los pulmones de una viscosa flema nostálgica que, al acumularse, se transforma en desespero, en hastío y que, por más que se intenta toser, ahí permanece, una pelota en plena garganta.

Carla María no tiene ni idea sobre cómo la gente recordaba antes del cine, o si lo hacían, pero ella no puede visualizar aquel viernes de julio sin que el ojo se le vuelva una cámara incorpórea que se adentra por entre las brillosas superficies de The Creamery where ice cream meets heaven, hasta dar, de golpe, con tres centímetros largos y deprimidos de vida aplanada, negro-púrpura, antenas filiformes, y ahí iban deslizándose por la cuchara de hierro. El heladero se percató de la criatura demasiado tarde, cucaracha. Una monja sonrió frente al vidrio y le comentó a la otra mujer uniformada que ese era su pecadito: mantecadito de cheesecake con pedacitos de guineo y whip cream. El heladero quiso cerrar los ojos, pero no lo hizo porque sabía que el insecto se haría notar más. La solución fue sumergir el utensilio en el helado y empuñarlo como si fuera daga hasta que lo sintió chocar con el fondo de la bandeja. Un golpecito más y el pequeño cuerpo cedió, *tac*. En el mismo movimiento, el heladero, que se llamaba Carlos, aunque no era el único Carlos que trabajaba allí, giró su muñeca lo suficiente y tras el largo y fluido tirar hizo nacer una esfera redonda y perfecta, y qué bien lo hacía.

Colocó el helado sobre una plancha fría de granito a su izquierda, le dijo a la monja que pasara por allá, porque eso hacía distinta a The Creamery where ice cream meets heaven: los clientes podían participar de la creación del helado. En el comercial que pasaban en la televisión salía un muchacho rubio que sonreía a la cámara con una de esas sonrisas diseñadas para derretir los corazones de preadolescentes y mujeres casadas, saludaba y luego se hincaba frente al helado, formaba una bola aún más perfecta que la de Carlos y la colocaba sobre una plancha de granito. Una vez allí, le cavaba un hueco, el cual el cliente decidiría con qué rellenar —a su disposición una selección de más de cuarenta diferentes dulces, frutas y nueces—. En esta ocasión, la mujer, porque aunque monja era mujer, le dijo a Carlos que simplemente pedacitos de guineo y whip cream. Pedacitos de guineo y whip cream, repitió. Sí, se dijo a sí mismo Carlos, sí sigue siendo mujer la monja. Ya ese mismo día, cinco minutos antes, otras habían ordenado lo mismo, y ninguna se atenía célibe.

Sí, se repitió, pasándole el helado relleno de fragmentos de blatodeos nocturnos, de élitros y antenas, de patitas, abdómenes y quizás hasta alitas delgadas como pedacitos de piel reseca. Sí, una vez más, muchos, tanto mujeres como hombres, habían entrado a aquel local sonrientes, deseantes e imaginándose sendos postres, sin permitirse ver las decenas de insectos deslizándose por entre las sillas de madera sintética, por los bordes de las paredes cubiertas de anuncios y por debajo de las mesas emplegostadas donde los clientes plantaban los codos para adquirir la fuerza necesaria para la cucharada. Ninguno de ellos, comedores de mantecaditos de cheesecake con pedacitos de guineo y whip cream, había mirado a Carlos directamente a la cara y le había preguntado ¿me debería comer este mantecado?, porque si lo hubiera hecho, él no habría podido mentir (tampoco lo hubiera podido hacer el otro Carlos, mucho más bueno, ni aun Carla María, con su falta de paciencia) y le habría dicho, en primer lugar, como les indicaba Lisa, la jefa, que «mantecado» es el compuesto de leche, huevos y azúcar con el que se produce la sustancia, que su nombre correcto es «helado», y, en segundo, que no, que no debería comérselo.

El turno de Carlos había terminado minutos antes, a las doce del mediodía, pero no lo sabía aún, porque, aunque estaba pendiente del minutero del viejo reloj que colgaba sobre la nevera de bizcochos de mantecado, que marcaba las once y cincuenta, no tenía forma de saber que las baterías se le agotaron a las menos diez el día anterior. Entró al pasillo que servía de sala de descanso y de oficina y de lugar de almuerzo, y le preguntó a Carla María que qué hora era.

Carla María sabría cuántos minutos exactamente habrían pasado desde que se fue a recostar en la silla reclinable y ergonómica de cuero de Lisa, la jefa, en la que no se suponía que estuviera sentada, mucho menos recostada con los ojos cerrados, echada para atrás, semidormida, con sus pies encaramados en el escritorio. Doce y doce, le respondió, pero fue casi como si no hubiera sido ella la que lo hacía. Tras llegar a su casa la noche anterior, no había podido dormir bien. No solo porque Kiara, su hermana mayor, que se suponía que ya estuviera dormida en la habitación de al lado, estaba en el teléfono peleando con quien estaba en proceso de dejar de ser su esposo, sino porque muy pocas veces podía hacerlo.

Al enterarse de la hora, Carlos exhaló un poco harto. Había trabajado doce minutos por sobre su turno y Lisa, la dueña, no le pagaría ni un segundo que no hubiera sido oficialmente presupuestado el sábado anterior.

—Carlos está tarde —dijo Carla María, desde su estupor, refiriéndose al otro Carlos, al que, según la hoja de horarios, reemplazaría a este.

—Va a llegar —le respondió Carlos, y entró al *freezer*: un grado Fahrenheit, cámara interior metálica, paredes repletas de montañas de bandejas de aluminio con alrededor de cuarenta y cinco tandas de helado: ocho de vainilla, ocho de chocolate, seis de cheesecake, cuatro de fresa, cinco de amaretto, una del sabor de la temporada y una de fat free heaven. Todas y cada una de ellas, en teoría, se venderían en las próximas noventa y seis horas y generarían aproximadamente dieciocho mil dólares una vez se le restaran las muestras a darse a nuevos clientes y otros tipos de bajas de carácter más informal. Carlos se cambió su uniforme de mahones negros y camisa negra y delantal negro allí en el frío y se puso su ropa de civil tan rápido como fue posible. Tenía que ir a la universidad a tomar la única clase de verano en la que se matriculó y la cual técnicamente completaría los requisitos para graduación. Sintió su cuerpo contraerse ante el frío. Antes de salir, se aseguró de echar el uniforme dentro de una bolsa plástica, porque, de otro modo, se abombaría y, como sabían todos los empleados, solo tomaba alrededor de seis horas en lo que el olor azucarado del mantecado pasaba al del vómito.

—Me cuentas cómo te va —mascullaron los labios de Carla María y así comenzaron el largo proceso de recomposición que terminaría diez minutos después con su pequeño cuerpo prieto de cinco pies y dos pulgadas posado frente a la vitrina de vidrio, sonriente, como si nunca hubiera estado semimuerta y agotada. Poco después su brazo se estiraría, ofreciéndole una muestra de fat free heaven al anciano de bifocales y camisa de cuadritos que entraría a la tienda tan pronto Carlos abandonara los predios, dejándola sola con sus cien libras de carne y hueso y órganos vitales, peso pluma, más estable de la tres hermanas Rosado Rojas. El viejo será el primero de los muchos que comenzará a aglutinarse uno tras otro, en menos de una hora, desde la vitrina donde estaban los helados hasta las puertas dobles de vidrio de la entrada. Poco después, la fila dará más allá de la puerta, se estirará frente al *beauty* de al lado y casi alcanzará la entrada del Subwich Eat Healthy. La respuesta de Carlos, un «pues claro», le llegará a Carla algo atrasada, cuando ya haya logrado que el anciano se decida por el helado dietético, garantizándole que esto no impedirá la añadidura de whip cream, lo cual parecería ser una preocupación real de la clientela, excepto de aquella que prefiere el ganache o el caramelo o el marshmallow derretido, aunque esta última no es tan común.

Carla María escudriñó el rostro del viejo con sus pliegues, depresiones, y reservas de lagañas verdipegajosas acumuladas entre ojos y nariz, y se le ocurrió que el hombre quizás se parecía al abuelo que perdió a los cinco, casi diecisiete años antes. Quiso decirle algo, pero ya cuando separó sus labios el anciano se había transformado en un chamaquito de patillas finitas y cejas sacadas, para el cual ella coronaba con whip cream un mantecado de cheesecake y strawberries y banana. Por pura manía, quiso decirle que «banana» se decía *guineo*, y «strawberry», *fresa*, pero meneó la cabeza y ya el cuerpo frente a ella se convertía en una gordita de pelo casi tan negro como el de Olga Tañón en los noventa, y, luego, en una señora rubia que parecía temblar al hablar.

Cerró los ojos, respiró profundo y soltó el aire poco a poco, en pequeños bolsillitos, como le enseñó tantas veces Zulmita, la psicóloga bonita a la que su mamá la obligó a ir desde el día después que le llegó la regla a los once años hasta el día que terminó la escuela, como si hubiera querido atacar preventivamente cualquier cambio que pudiera traer la pubertad. Se dijo que tenía que despertarse y, de una vez, relajarse. Si no lo hacía, el turno se le haría larguísimo. Lanzó un vistazo al reloj que estaba encima de la nevera de bizcochos y vio que aún marcaba las once y cincuenta, olvidando que ella misma le había quitado las baterías. ¿Dónde estaba el otro Carlos?

—La cosa va a empeorar —dijo el próximo en la fila. Era un muchacho de veintitantos, flaco, no muy alto, con un lunar blanco en una ceja, *t-shirt* violeta, mahones y chancletas. Tenía una de esas caras marchitas que suelen tener las personas que han satisfecho todo su saldo de sufrimiento a una temprana edad. Pensó que se refería a su turno porque en The Creamery where ice cream meets heaven la cosa siempre podía empeorar. La profecía del muchacho hizo que, debajo de la polo negra, a Carla María se le comenzara a encrespar la piel, lo cual no era sino un vaticinio de que por ahí venía un ataque de ansiedad. Carla María siempre había sido ansiosa y no podía recordar un momento en su vida en que no hubiera sufrido de esos ataques. Cuando golpeaban, lo hacían repentinamente y venían acompañados de una desesperación extraña porque, a diferencia de lo que creían muchos, entre ellos su madre, no era una desesperación irracional. Todo lo contrario. Solía describirlos como un bofetón de explicaciones superlógicas y bien pensadas cuyo único propósito era agravar la situación. Desafortunadamente, aun cuando lograba vencer el ataque, las explicaciones permanecían. De hecho, solían acumularse, sedimentarse, preparar el terreno para el próximo ataque imprevisto. Frente al cliente, se preparó para que la temperatura de su cuerpo comenzara a escalar y que su espalda cediera a esa sensación de acupuntura con alfileres botos. Apretó las cucharas de hierro. Volvió a mirar el reloj y a sus once y cincuenta, y se dijo, imitando la voz de su otra hermana, Adamaris, la que no peleaba con el marido y la que no se había mudado de regreso a la casa de su mamá, «respira, negra, respira», e intentó no pensar en que estaba sola en la tienda y tenía una fila larguísima, no pensar en que se suponía que ese día las cosas cambiaran; no pensar en que, justo ese día, las cucarachas decidieron escapar de debajo de las losetas y de los muebles de madera y todo porque Lisa, la jefa, decidió fumigar con un producto que pensó mataría a los insectos pero que realmente lo que hizo fue sacarlos de sus escondites, y se suponía que hubiera llamado a un fumigador profesional, pero Carla María dudaba que lo hubiera hecho y, además, estaba rezando porque la invasión de cucarachas no explotara mientras ella estaba allí sola, porque ¿cómo iba a bregar entonces?

Cálmate, Carla María.

—¿Perdón? —preguntó ella.

—Allá afuera —dijo el muchacho, a quien de repente reconoció como uno de los vecinos de Juan Carlos, otro de los heladeros—, los camioneros.

—¿Perdón? —volvió a repetir.

—Están de huelga.

—¿Ajá?

—Que los camioneros están de huelga, y la cosa va a ponerse seria —repitió, como si le hablara a una nena. Al ver que Carla María aún no entendía de qué estaba hablando, el muchacho intentó una vez más—: Los camioneros están de huelga. No están moviendo las cosas desde los puertos. Amenazan con cerrar la autopista. Ahora mismo la gente está en el trabajo. Pero la cosa se va a poner fea una vez que den las cinco de la tarde.

—Ah, veo —dijo Carla María, permitiéndose un respiro y lanzó un vistazo por encima del hombro de su interlocutor y a través de la fila de clientes en espera, de las puertas de vidrio, de las escaleras, y de la larga explanada asfáltica del estacionamiento donde apenas comenzaban a acumularse los automóviles y los transeúntes de camino a la megatienda de productos de hogar y construcción que estaba allí, o a uno de los negocios localizados en el mismo bloque que The Creamery, anexados a Caribbean Cinemas, el único cine de la ciudad. Meneó la cabeza de lado a lado, para despertarse, le sonrió al muchacho y se inclinó hacia adelante para comenzar a tallar de la bandeja de mantecado de cheesecake la esfera voluminosa que había ordenado.

—Cuatro cincuenta más uno cincuenta por el cono son seis dólares —dijo Carla María y el muchacho le dio las gracias e hizo otro comentario acerca de la situación, pero ella no escuchó porque ya estaba de regreso frente a la vitrina, disculpándose con los clientes que esperaban.

Ya de mejores ánimos y recuperando las energías que no tuvo hacía un rato, decidió optimizar y, mientras los clientes se decidían, dio los quince pasos necesarios para entrar al pasillo-oficina-área de descanso. En el paso doce tomó el paño que usaban para limpiar, en el catorce lo mojó en una cubeta de agua, en el quince agarró el Lisol Spray y el veintiséis, veintisiete, veintiocho, veintinueve... cuarenta y cinco los dedicó a pasar de cliente a cliente preguntándoles cómo estaba todo y dándole una limpiada rápida a cada una de las mesas mientras comentaba el clima, los helados y el ritmo de trabajo con todos y cada uno de ellos.

La noche anterior, cuando cerró la tienda, sola porque la otra compañera se había ido tan pronto el reloj marcó las dos de la madrugada, Carla María había decidido que *algo tenía que cambiar*. No sabía qué exactamente. Tampoco sabía exactamente cómo. Pero algo tendría que ceder. Parada en el medio del área de clientes, de las mesas y las sillas vacías, se dijo, repitiendo lo que alguna vez escuchó en alguna película, que si es cierto que hay momentos en la vida en los que hay que saltar al vacío, no podía ser justo que estos estuvieran reservados para las vidas grandes, para las personas que tras un accidente encuentran la religión, para los sobrevivientes de cáncer que se reinventan tras la desaparición definitiva del tumor, o para las víctimas de un mal divorcio, o un mal disparo, o una mala guerra. También tenían que existir para todas las otras vidas: para las menores, para la suya.

—Disculpa —la interrumpió la monja, saliendo del baño de las mujeres, cuya puerta quedaba al frente de la que daba al pasillo-oficina y al área interior del mostrador.

Carla María le sonrió y preguntó en qué podía ayudarla, aunque tenía el presentimiento de que sabía de qué se trataba, porque no hizo más que desviar su mirada hacia el suelo y vio, arrastrándose por encima del zócalo de madera artificial tres delgadas cucarachas en fila india, infiltrándose por una rendija en la estructura.

—El baño —dijo la monja, y, tras un segundo de silencio, añadió—: Casi no queda papel higiénico.

Carla María exhaló, le dio las gracias por la información y, disculpándose una vez más con aquellos que se encontraban en la fila, se preguntó dónde estaba Carlos y cuándo pensaba llegar, a la vez que buscó y depositó dos rollos de papel higiénico blanco y económico en el baño de las damas, pero no en el de los hombres, porque cuando intentó abrirlo estaba ocupado. Y, entonces, nuevamente se puso frente al vidrio manchado de dedos y comenzó a dispensar la sustancia dulce a la vez que se percataba de que las cucarachas comenzaban a esconderse, como si ellas también hubieran terminado su turno.

Lisa, la jefa, había dicho esa mañana que el insecticida tomaría unas horas en funcionar, pero hasta ahora las únicas defunciones habían sido efectuadas por Carla María y por Carlos, y comenzaba a parecer como si el químico solo las hubiera revivido y recargado con una vitalidad ajena. No sería ninguna sorpresa y, de hecho, vendría a confirmar el patrón de malas decisiones de la jefa, y la amenaza misma que le hizo el fumigador, casi a gritos, el día antes, a las cuatro de la tarde, cuando Lisa lo llamó a una reunión que él simplemente pensó sería de rutina, para cuadrar horarios y ese tipo de cosas, pero que rápidamente se deformó en un fogueo en el que la mujer quería obligarlo a que le diera un descuento exorbitante sin razón alguna, y este le decía que le era imposible hacerlo, porque su compañía apenas estaba comenzando, y de por sí ya era el proveedor más económico en el mercado cagüeño. Lisa, la jefa, le insistía en que sabía que el fumigador le estaba robando, que sabía que le había inflado los precios desde un principio. Carla María y los dos Cárloses y Mario, otro empleado, habían estado escuchando desde detrás del mostrador, atendiendo clientes e intentando mantener su compostura, ya que sabían que tocaba la fumigación esa semana, porque la última vez que se atrasó la exterminación, la invasión de cucarachas fue intensa y los llevó a entrar en sendas peleas con clientes en las que fueron ellos los amenazados, los insultados y los que tuvieron que lidiar con situaciones para las cuales no estaban preparados.

No le sorprendían los intentos de la jefa de exprimir al exterminador. Usó los mismos argumentos cuando decidió que, al final del día, las propinas que los clientes les dejaban a todos los empleados tenían que ser colocadas en una caja en su escritorio, para que ella las dividiera al final de la semana y les diera a cada uno una porción «adecuada». Ella se quedaría con la mitad, anunció, porque sabía que ellos le robaban a veces, o que comían mantecados y no se los cobraban los unos a los otros. El fumigador salió gritando de la oficina-pasillo, amenazando a Lisa y diciéndole que las cucarachas se los comerían a todos vivos.

Fue en ese momento, ante la amenaza de las cucarachas el día anterior, que dando una vuelta y mirando a su alrededor, a aquel pasillo apretado en el que pasaba tanto rato, que se le ocurrió por primera vez que algo tendría que cambiar. De hecho, en ese momento se le ocurrió de un modo más concreto. Carla María, que nunca había roto un plato, o tomado un dulce de la tienda sin permiso, pensó que debían asaltar aquel lugar y fugarse. Que debían robarse todo el dinero que estaba en la caja registradora y en la caja fuerte y en todas las cajas que pudiera tener The Creamery where ice cream meets heaven. Sí, se había repetido en voz alta, sí, deberían asaltar aquel lugar. Sacar los cuatro mil quinientos y pico de dólares que generaban allí al día, sacarlos toditos y cada uno de ellos, y dividírselos entre ellos cuatro o cinco o seis o cuantos fueran de los siete empleados que decidieran unirse al asalto. Sí, debían llevárselo todo e irse. ¿A dónde? ¡A donde fuera! Y con ese dinero hacer todo lo que soñaron haber hecho hasta ese momento. Hacer todo lo poco que podían hacer con cuatro mil dólares americanos de julio de 2005: lo poco, lo mucho. No importaba cuánto, pero podrían hacerlo. Sí, se repitió ya el día después, ya frente a los clientes y esperando al otro Carlos, sin saber si todavía bromeaba o no: debían asaltar aquel lugar, sacar todo y cuanto pudieran, y robarse los mantecados y robarse los waffles y los dulces y las galletas y el whip cream y las sillas y las mesas e irse. Sí, irse lejos. Lejos de aquel lugar y de todos los lugares y de todos los clientes que comen mantecado y de todos los jefes que abren tiendas de mantecados y de todos los empleados que trabajan en esas tiendas y lejos de todas las familias de esos empleados y lejos de todas las casas y las urbanizaciones y los pueblos y los campos en los que vivieran todas esas gentes. Tan y tan lejos que estuvieran allí mismo, pero en otro plano. Tan y tan lejos que fueran ellos y nadie más en el mundo. Tan y tan lejos que cuatro mil y pico de dólares dieran para todo lo que había que hacer en el universo. ¡Lo mucho! ¡Lo poco! Lo supo una estupidez, pero lo supo y qué bien lo supo. Qué mala idea, claro. Pero qué mucho sentido haría cuando se lo dijera a los Cárloses y a Mario y a Juan Carlos e incluso a María C., y qué rápido se apuntarían todos y qué feliz el instante de hacerlo y qué puntuales sus acciones, qué alegres sus momentos, qué magistral el segundo en el que Carla María, sí, porque sería ella misma, no tanto por su propia decisión, sino porque uno de los Cárloses o los dos, quién sabe, insistiría que fuera ella quien presionara la tecla que abre la máquina, que fuera ella la que sacara el dinero y que fuera ella la que lo echara en una bolsa, una bolsa de plástico, una bolsa del supermercado de al lado, porque —como diría María C. en ese momento— no existía razón alguna por la cual tratar el dinero de otro modo. Sí, lo echarían en una bolsa de plástico y así los billetes bien podrían ser guineos o latas de salsa de tomate o lo que fuera. Sí, asaltarían la tienda. Asaltarían la tienda y, por el más mínimo momento, sentirían que habían aprendido algo. Algo de la vida o del mundo o del universo. Y eso era lo que importaba más que nada, más que la inevitable interrupción de algún tercero que apareciera a decir que sus acciones no se justificaban, a decir que no había razón por la cual unos chamacos como ellos deberían atracar un establecimiento, a decir que unos chamacos como ellos no parecían sufrir lo suficiente, que unos chamacos como ellos no eran explotados lo suficiente, y, pasando por alto sus propios ataques de ansiedad, Carla María pensó ¡mejor! ¡Mejor asaltar la tienda porque podemos hacerlo! Mejor asaltarla y llevarnos hasta los clavos de la cruz porque podemos, antes de que nos dé cáncer o que nos convirtamos a la religión o que nos divorciemos o sobrevivamos una guerra; porque lo decidimos, porque sí, porque estamos hartos, y qué importa si la hartera de los Cárloses es diferente a la hartera de María C., y la de ella a la mía, y, ajá, lo haremos porque podemos, porque sí… Un cliente interrumpió a Carla María con una disculpa y ella le sonrió y le dijo a la señora que era ella la que se disculpaba, que cómo podía ayudarla.

2

La nena le está hablando. Ella no la oye desde la ducha y se lo dice. Es como si hablara con la pared, porque no escucha «peros» cuando se levanta parlanchina, y sigue haciendo preguntas que nunca parecen ser las adecuadas para sus siete años o porque son muy infantiles —«Mami, ¿abuela es tu mamá?»— o porque son muy adultas —«Mami, ¿por qué no sales más a menudo con tus amigos, como tití?»—. Ante la insistencia, gira la perilla del agua y le pide que repita. Está sentada en la tapa del inodoro con su uniforme, comiéndose unos cornflakes, y hablando con la boca llena.

—¿Por qué es que me llamo Magali? —pregunta, y Carla María le pide que le pase la toalla en lo que le explica que una de sus hermanas, Adamaris, insistió en que era un nombre bonito. La nena pregunta que cuál quedó en segundo lugar y Carla María le dice que ninguno, que ese es su nombre y punto. La verdad es que aún en ese momento, siete años y nueve o diez meses después de enterarse de que estaba embarazada, Carla María no podía pensar un nombre apropiado para su hija y, en su mente, se dirigía a ella siempre como «la nena», como había hecho desde que comenzó a patear. Pasó todo el segundo trimestre del embarazo leyendo libros de nombres y ninguno le pareció adecuado. Todos sonaban demasiado impuestos, demasiado usados, restrictivos, pesados. Su otra hermana, Kiara, le dijo que inventara uno, como hacía casi todo el mundo en la isla, pero esto le pareció una trampa, un falso escape. Un nombre inventado, le había intentado explicar a su hermana, no tenía nada que ofrecer, ni historia ni promesas. Entonces, se quedó con Magali, que Adamaris escuchó alguna vez y dijo que lo hubiera querido para la hija que no pudo tener después de que naciera su primogénito hace doce años.

Sus hermanas, mayores que ella por siete y cinco años, eran lo más cercano que Carla María tenía como amigas, aunque mantuviera su distancia. Ambas le tenían cariño, claro, pero la conocían lo suficiente como para no exigirle más de lo que era capaz de dar. Carla María suponía que no sería un crimen decir que querían más a la nena que a ella, porque compartía su simpatía con el resto de la familia. La nena nació, a diferencia de ella, sin «el puño en la cara». Lo mismo podría decirse de su mamá, que prefería la presencia de la nieta a la de la hija menor. Nada de esto le molestaba. De hecho, a veces, pensaba que con parir les había hecho un favor, les había pagado la gigantesca deuda que había acumulado a través de los años con sus arrebatos y sus desesperos. Estaban felices ahora y solían decir, sin tapujos, que el nacimiento de la nena le había hecho bien a todos, pero particularmente a ella. Carla María a veces estaba de acuerdo con ellas —ese día, por ejemplo, la miraba mientras se vestía frente a ella y no podía evitar sentir ternura por la suavidad con la que sus ojos exploraban la desnudez materna, como con asombro—. En mañanas como aquellas, el silencio de la casa las envolvía en una burbuja que ofrecía los materiales necesarios para una vida feliz. Otras veces, sin embargo, no estaba tan segura y pensaba en The Creamery, en sus compañeros y en la promesa de la fuga.

Una y diecisiete y el otro Carlos se materializó al costado de Carla María, sin decir mucho ni disculparse, cucharas primero y luego cuerpo entero, y comenzó a dispensar helados junto a la labia que lo caracterizaba. Poco a poco, transformó la línea de clientes en un público para sus chistes, pero Carla María no prestó ni una jota de atención. Solo podía pensar que su compañero había llegado a la una y diecisiete y ¿quién llegaba más de una hora tarde cuando una quería comer? Eso es ser un desconsiderado, se dijo. Su momentánea antipatía no surgía solo por su tardanza, sino también por algo que pasó entre ellos unas semanas atrás. Al asegurarse que la clientela estaba controlada se retiró hacia el pasillo-oficina-área de descanso y se quitó el delantal y salió hacia el área de los clientes y, luego, a través de las puertas de vidrio que la separaban del mundo ocho horas al día.

Un golpe de calor la recibió y la heladera se dejó manosear por la humedad, por la calentura, y se recostó en las rejas de metal negras aun sabiendo que la pintura se descascaraba, que se le quedarían pedazos pegados, y qué bien se sentía el calor. Se vio en la playa, tirada en la arena, acompañada por las amistades que comenzó a criar en la universidad algunos años atrás pero que pronto abandonó.

Los amigos son un peso en el bolsillo, le había dicho su mamá cuando, al estar en octavo grado quiso llamar la atención de las chicas populares de su clase y, para lograrlo, se sacó un chicle de la boca y se lo pegó en el moño a Ninoshka, quien hasta ese momento había sido su mejor amiga. Sintiéndose culpable en cuanto vio a su mamá, Carla María le relató lo sucedido entre lágrimas y lo llamó, con dramatismo adolescente, su «gran traición a Nino». A todo esto, su progenitora, que a sus cuarenta y cinco se mantenía tan *petite* como sus hijas, sin preocuparse por mirarla al rostro ni por dejar de medio escuchar a los locutores que animaban el programa radial de la tarde, le respondió con el refrán. Carla María quedó en silencio, preguntándose qué sucedía cuando una tenía un peso en el bolsillo y se acordó cómo múltiples veces su hermana mayor le había dicho que colocara el dinero que le sobraba todos los días en un pequeño banco en forma de cerdo que le había regalado, porque cuando se quedaba con el dinero en los bolsillos terminaba gastándolo en dulces en la tiendita de la escuela. En aquel momento, Carla María supuso que eso mismo había hecho con Ninoshka, que porque la tenía encima y no la había guardado en un lugar seguro, había terminado gastándola en dulces que realmente no tenía ganas de consumir y que compraba por pura manía.

Como por instinto miró la hora en su teléfono. Tenía que comerse algo en los próximos veinte minutos y volver al turno. Aunque se había levantado esa mañana con ganas de una hamburguesa, la verdad era que no tenía muchas opciones porque estaba sin chavos y porque el único lugar que las tenía en ese cantito de *mall* era Tabasco's en la esquina, un poco más allá de Caribbean Cinemas, y se tardaban mucho, muchísimo, tanto o más que Paccino's Maccaronni & Oven, que, aunque nunca lo contaban, era el restaurante más cercano a The Creamery where ice cream meets heaven. Sus únicas opciones factibles eran o comer chino en Bamboo Express o sándwiches y pizzas congeladas de Subwich. Aunque normalmente se inclinaría por la segunda, decidió en contra de ello, ya que el fin de semana anterior el trato extramonetario que habían tenido con los muchachos sandwicheros, un intercambio subterráneo de sándwiches por helados y viceversa, se vino abajo de la peor forma por culpa de uno de los Cárloses. O, mejor dicho, de uno de los Cárloses y Mario, porque entre los dos decidieron que ya las escalas comenzaban inclinarse demasiado en su contra, que los muchachos de Subwich estaban comenzando a aprovecharse de los heladeros. Tenían razón, de cierto modo. De repente y unilateralmente, los sandwicheros habían decidido que un helado grande no equivalía ya a un sándwich grande, sino medio; que uno pequeño a duras penas daba para una bolsa de papas, etcétera. Uno de los muchachos de Subwich, Antonio, no lo tomó bien. ¿Cómo esperaban que lo hiciera si decidieron quebrar el trato en el momento en el que el tipo venía con una jeva un viernes por la noche? No fue hasta llegar a la caja registradora que Carlos, con Mario mirándolo por encima del hombro, en vez de disimular y cobrarle solo los 1.45 acordados debajo de la mesa por un bucket de mantecado que, para el resto, costaba alrededor de 14.65, presionó la tecla correcta, y el monto total se asomó en la pantallita que veían los clientes, y el tipo de Subwich se rio y le hizo un gesto como de compinches, y Carlos le sonrió, sin perturbarse, y le dijo que serían 14.65, a lo que le siguió un momento de silencio, y un intercambio de miradas que Carla María no sabe cómo Carlos aguantó, porque entre los sandwicheros y los heladeros había una diferencia inmensa, una diferencia que hacía a los primeros mucho más intimidantes que los segundos. Según le dijeron, Carlos resistió, y Mario también, y el tipo de Subwich, alto, prieto y fuerte, mirándolos duro, tan duro como solo puede mirar alguien que la ha pasado difícil en la vida, tomó el bucket de mantecado de chocolate con Reese's Pieces y peanut butter y whip cream y pedacitos de sponge cake con la mano derecha, a la vez que se llevó la izquierda al bolsillo, sacó la wallet, y de ella quince dólares en billetes de cinco que, sin añadir más, le tiró en la cara a Carlos con un movimiento de mano tan calculado como peligroso. A todo esto, le dijo Mario a Carla María, la jeva también hacía cara, y, según Mario, fue la mueca de ella más que la del tipo, la que les dijo que acababan de cometer una estupidez, porque pasó de placidez a preocupación en un dos por tres, pero un tipo de preocupación que Mario supo de inmediato que no tenía nada que ver con el presente.

«La cagamos», le dijo Mario a Carla María, «la cagamos enterita».

Mientras, daban la una y media de la tarde y lo que en ese momento le preocupaba a Carla María era que en Bamboo Express tenían cero posibilidades de entablar un truco como el que habían tenido con los sandwicheros, porque allí había gerentes y asistentes de gerentes y, para los empleados que no eran ni uno ni lo otro, todo un matorral de promesas que les colocaba en el horizonte la posibilidad de subir hasta el punto de salir de las tiendas mismas y encargarse de cosas más elaboradas en oficinas centrales y centros de distribución, y la verdad era que la mayoría de los empleados, para bien o para mal, así lo creían, porque sabían de dos personas que lo habían logrado (hacía ya bastante rato, pero lo habían hecho y, a veces, hasta se daban la vuelta).

La cuestión era totalmente diferente en Subwich y en The Creamery. En primer lugar, porque ambas eran franquicias particulares y, como tales, los dueños vivían más o menos cerca y se pasaban por las tiendas por lo menos una vez a la semana. Su presencia garantizaba que no hubiera necesidad alguna de gerentes o de asistentes de gerentes, aunque solían prometerle el puesto de asistente a los empleados más confiados, a pesar de que nunca hubieran creado la posición, y nunca se la hubieran dado a alguno. En segundo lugar, la diferencia tenía que ver con los jefes mismos y con cómo ellos se imaginaban sus respectivos negocios. Los dueños de Subwich, que eran dueños también de una lechonera que estaba entre Caguas y Cayey, gozaban de una serie de exenciones y privilegios que recibían por dar «segundas oportunidades» a exconvictos y personas con récords criminales. De modo que los quince sandwicheros, todos hombres, todos altos, habían estado presos, o casi presos, por alguna razón u otra, y aunque ni Carla María ni ninguno de los de The Creamery sabían exactamente cuáles eran estas razones, en más de una ocasión en la que los heladeros y los sandwicheros se habían quedado en el estacionamiento bebiendo cervezas, después de haber cerrado las tiendas, los sandwicheros habían hecho chistes respecto a otros confinados que conocían en común o habían contado anécdotas que, aunque exageradas, eran suficientes como para probarle a los heladeros que eran dueños de ese misterioso atributo que ellos no, y al que se le denominaba simplemente como *calle*. Sí, los sandwicheros tenían calle. Muchísima más calle que ninguno de los heladeros. Por lo que cuando Mario y Carlos le dijeron a Carla María que la cagaron, se referían precisamente al hecho de que los sandwicheros tenían el potencial de ser el tipo de persona por el cual las madres de los heladeros solían cruzar de un lado de la calle al otro.

A diferencia de Subwich, los dueños de The Creamery, Lisa y Raúl, imaginaban su negocio como uno juvenil y refrescante que, por haber sido la segunda franquicia de la cadena internacional en la isla, aunque ya se habían abierto otras tres, los marcaba como visionarios, como aventureros arriesgados. Antes de The Creamery, no habían tenido ninguna experiencia siendo propietarios de nada, pero habían pasado tres años y ahora tenían una casa de dos pisos en la urbanización Hacienda Altos de Santa Camila, dos carros último modelo y dos niñas. Parte de su éxito, solían decir, orgullosos de sí mismos, era que le daban oportunidad a gente que no tenía ninguna experiencia de trabajo. Lo cual era cierto, porque ni los Cárloses, ni Juan Carlos, ni María C., ni Carla María habían tenido trabajos antes. Mario sí, pero brevemente, antes de comenzar a jugar pelota semiprofesional, en el negocio de un familiar, y eso casi no contaba, porque era un *liquor store* rural en el cual ni cobraba periódicamente. Estas prácticas eran tan adrede como las del dueño de Subwich, pero mientras que este lo hacía por incentivos estatales y federales, Raúl y Lisa, la jefa, lo hacían simplemente, según le había dicho ella a Carla María cuando estaba a punto de contratar a María C., para evitar tener que bregar con malas mañas que trajeran los empleados de otros lugares. Raúl lo explicaba de otro modo, diciendo que no había un mejor primer trabajo que aquel en el que hay comprensión y trato directo con los jefes. Esta era solo una de las muchas razones que los motivaban, solía decir él, y Carla María le había escuchado muchísimas más. Para Raúl, el «primer trabajo» era toda una institución que, si no existía hasta ese momento, él se encargaría de crear y que no garantizaba mucho más que producir una línea en las decenas de resumés que recibían con posiciones inventadas bajo la sección de experiencia previa.

Estas situaciones en Subwich y The Creamery habían hecho posible que los empleados crearan sus propios sistemas y trucos bajo el laxo régimen de sus dueños. Fue uno de estos sistemas que se despedazó el sábado pasado frente a Carlos y Mario. Y, aunque sería ideal, Bamboo estaba *out of the picture*, a pesar de que Marielys, la novia de Juan Carlos trabajaba allí desde hacía más de dos años. Hasta ella, Marielys, que se decía crítica de toda la compañía —así se referían a la tienda, como si no fuera un *fast-food* sino una empresa de publicidad—, poco a poco había venido a comerse el cuento. Había empezado a imaginarse también como asistente de gerente al mismo tiempo que comenzaba a darse cuenta de que, mientras pasaban los años, ya no la llamaban tanto como antes para bailar en los *shows* de cantantes de reguetón en las fiestas patronales, como solían hacer antes (a pesar de los celos de Juan Carlos, que intentaba no perderse ni uno de sus bailes por miedo a que, mientras bailaba semidesnuda, con esas caderotas y ese culote que Carla María le había envidiado en una que otra ocasión, decidiera dejarlo por algún bailarín o, peor, algún rapero). Lo más que Marielys podía hacer por sus amigos que venían a la tienda, y que hizo en esa ocasión, era servirles un poquito más del pollo naranja con el que Carla María acompañó el lo mein, mientras la gerente estaba en el baño, aunque, al fin y al cabo, tuviera que cobrarle, al igual que a todo el mundo, los 6.50 del combo de un plato principal y dos complementos, más el 1.50 del refresco.

—¿Tienes *break* pronto? —le preguntó Carla María a Marielys, porque hacía rato que no hablaban y porque necesitaba una excusa para llegar tarde a The Creamery, pero Marielys le hizo una mueca diciéndole que no, a la vez que iba a atender a un cliente que acababa de entrar.

Carla María se despidió con un gesto rápido y, con la comida en una bolsa, caminó hasta The Creamery y se sentó contra las rejas negras, que se descascaraban, a comer.

3

—Carla María —alguien llamó, o más bien preguntó, a los doce minutos, cuando terminaba su último bocado, desde un *station wagon* color champaña que se había alineado al otro lado de las rejas de metal, en el estacionamiento. La empleada respondió con un «¿sí?», y añangotándose se asomó por entre la primera y la segunda barras negras, solo para tropezar su mirada con otra monja, vestida en su hábito color crema, sin muchísimo que la diferenciara de las que aún se encontraban en la tienda cuchicheando en la misma mesa de siempre.

—¿Cómo estás, m'ija? —le preguntó, y Carla María le respondió con un «bien» antes de reconocerla como una de las maestras que tuvo cuando chiquita, en la Academia Calvario Milagroso, donde su mamá la matriculó por los primeros nueve años de su vida escolar. Sister Grace, solía llamarse, se dijo Carla María, aunque rápido se corrigió diciéndose que las monjas no cambiaban de nombre a pesar del tiempo pasado. Por lo menos, no que ella supiera, y realmente no tendría por qué cambiar, porque aún era idéntica, y, de seguro, seguía siendo tan estricta como siempre, tan pellizcaorejas como siempre. Sister Grace era irlandesa, y lo seguía siendo en ese momento al preguntarle a Carla María, tras darle las bendiciones, si sus hermanas seguían dentro de la tienda.

Ante la afirmativa, la monja le pidió que llamara a la más joven, a sister Angélica, y Carla María quiso responderle que ninguna de las monjas adentro era joven, aunque realmente jamás se había percatado de la edad de sus clientas monjiles. Terminó asintiendo a la orden velada y no hizo más que entrar a la tienda y supo a quién se refería la monja mayor. Sister Angélica era delgada y bajita y, aunque estaba de espaldas hablando con Carlos por encima del mostrador y a pesar de que estaba vestida exactamente igual que las otras dos, que la esperaban sentadas en la misma mesa que siempre ocupaban, emitía esa energía y ligereza que, según más de un baladista, emiten las mujeres jóvenes.

—Sister Angélica —dijo Carla María en voz baja—, disculpa. —Y con la segunda palabra la joven monja se dio la vuelta, intentando sonreír.

Carla María miró nuevamente a la joven monja, como para verificar si era posible que hubiera interrumpido lo que ella pensaba que había interrumpido o si se trataba meramente de Carlos siendo Carlos. Desafortunadamente, la cara plácida de la Angélica, sister, había regresado a esa sonrisa de rayita sosegada que cargan las monjas

—aunque ella nunca había conocido a una monja tan joven ni tan bonita, se repitió, porque la verdad era que su palidez, su blancura, tan opuesta a la prietud de Carla María misma, tenía un brillo como de quien se sabe bella. O, tal vez, se dijo, corrigiéndose, de quien se sabe santa.

—Dímelo, m'ija —le respondió la monja, con una actitud maternal que Carla María pensó o impostada o, por lo menos, biológicamente anacrónica.

—Sister Grace me pidió que le dijera que había llegado. Está parqueada afuera —la monjita le dio las gracias, y se despidió de Carlos.

—Tenga buen día —dijo él, pero terminó la oración añadiendo un—: Elena. —Que hizo a la monja sonrojar, y que una vez idas las cuatro mujeres, Carla María le repitió, en tono de chiste.

—No seas celosa —dijo Carlos, dándose la vuelta para que ella no lo viera riéndose.

Tras atender a un par de gemelas que pidieron justamente lo mismo, Carlos fue al pasillo, donde Carla María ya fregaba una de las bandejas de metal que se había vaciado durante lo que iba de la tarde. Lo hacía en parte porque quería y tenía que hacerlo, pero en parte porque buscaba matar el tiempo que le quedaba y, a la vez, evitar a los clientes. Se concentró en la tarea de limpieza e intentó hacer todo lo posible por no azotar la vasija de hojalata contra el fregadero, también de hojalata, lo cual era más difícil de lo que uno creería y, de hecho, sucedía regularmente y causaba, primero, al raspar, dentera, y, luego, un alboroto similar al de un gong chino o, por lo menos, a lo que recordaba Carla María como el sonido de los gongs chinos en los muñequitos de *Looney Tunes* que veía cuando chiquita y en los cuales no había pensado en años.

Carlos solamente la observaba, sin decir nada, por lo que ella decidió hacer como si no le molestara la presencia del compañero, aunque en parte quería interrumpir la posibilidad de que, de la nada, a Carlos le diera con que quería hablar de *ellos*. No que hubiera un *ellos*. Con excepción de que hacía poco habían estado juntos. Tan pronto pensó en ello, Carla María meneó la cabeza, porque no entendió por qué tenía que decírselo a sí misma con tanto eufemismo, y sintió que el cuello comenzaba a tensársele, aviso de sus ataques de ansiedad.

—Aquella monja —dijo Carlos, cuando después de un rato no entró ningún cliente—, la jovencita —aclaró—, estudió conmigo en la universidad. Digo, en aquel momento no era monja, y la verdad que no me hubiera acordado si ella, después de un rato, no me hubiera llamado por mi nombre. Claro, eso es trampa, porque está en mi delantal, pero también me dijo, medio en pregunta y medio normal, que si yo estudiaba en la UPR. Yo le aclaré que estudié en la UPR. Ella se sorprendió y me dijo que cómo iba a ser que me hubiera graduado ya, y yo le dije que no, que no me había graduado, pero que me había tomado un *break*, y ella preguntó que si el *break* había sido este semestre, y le dije que no, que hacía ya uno o dos años. Como me empezó a parecer rara tanta pregunta, no solo por su familiaridad, sino también porque era un monja y en mi vida había hablado yo con una monja, y mucho menos con una joven, de seguro hice una cara de confusión y ella me dijo que también estuvo en la UPR. Supongo que habré hecho otra mueca, porque no recordaba monjas en la universidad. Sí recordaba religiosas, de esas cristianas de lo más popof, y también recordaba las pentecostales de las escaleras del Centro de Estudiantes, pero monjas así así, nunca v... Dame un segundo —dijo Carlos interrumpiéndose en el momento en que Carla María terminó de secar el envase y en el que un cliente, prietito con un lunar debajo de la nariz y con cara de jugador de tenis, entró.

—*Anyways* —continuó Carlos, desde la caja registradora en la que terminaba de cobrar el helado, que despachó más rápido de lo normal porque era cuestión de uno pequeño de vainilla con guineo y whip cream: 3.29 + 1.50 de *toppings*—. El punto es que ella rápido aclaró que no era monja en aquel entonces y, antes de darme tiempo para preguntar, me dijo que entró en mi mismo año y lo sabía porque se acordaba que tomamos la misma clase juntos y para ambos fue la primera clase y que hablamos después de unas cuantas sesiones. Yo le pregunté, como dudando, si había sido la de María Lugo, el requisito aquel de Español, de Siglo de Oro, y me dijo que esa misma, y que se acordaba de que cuando la profesora había preguntado que qué había leído la gente recientemente, yo dije que en cuarto año de la escuela superior releímos *La charca* y que debía de ser lo peor que se había escrito en el mundo, y todo el mundo se rio, excepto la profesora, que hizo algún comentario y me trató como bruto el resto del semestre. —Carlos sonrió, como orgulloso de haber sido el centro de atención—. Yo ni me acordaba, pero entonces me puse a pensar en la gente con la que hablé en esos primeros días y recordé a un muchacho que también se llama Carlos y que ahora es periodista o debe estar en camino a ser periodista, de una muchacha libanesa que escuchaba punk y había crecido en Carolina, una muchacha alta de la Bairoa que leía mucho, y una jíbara de Jayuya que parecía metalera y se vestía de negro... En ese momento tú llegaste, y solo cuando se despidió y la vi de lado, se me ocurrió que había sido la última. ¡Elena!

—¿La metalera? —preguntó Carla María, que durante la anécdota se había recostado en el fregadero de brazos cruzados, aunque no por eso había dejado de estar pendiente del reloj, en el que daban las 2:25 de la tarde.

—¡La metalera! Vete pa'l carajo —dijo él, riéndose, y se volteó a atender a la clientela que, de un segundo a otro, había comenzado a acumularse.

Carla María hizo como si quisiera hacer, pero Carlos meneó la cabeza y apretó los labios, queriendo decirle que no se preocupara, que él podía manejar la fila que se estaba formando, y ella le hizo caso sin muchos peros y volvió a tomar el paño y el Lisol Spray para dar su ronda por las mesas a la vez que se preguntaba cómo era que una tomaba la decisión de hacerse monja. Vio dos cucarachas escondidas detrás de un cartel al lado de los baños. Y más hacerse monja hoy en día, continuó, aunque por un segundo se dijo que quizás, solo quizás, no sería tan difícil, que quizás no tenía tanto que ver con hacerse o comenzar a ser monja. Una pareja esperó a que limpiara la mesa. Sino con dejar de ser esto, y ese «esto» se podía reemplazar con lo que una fuera en ese momento. Por ejemplo, en este momento, persona que limpia mesas. Quizás, solo quizás, una se motivaba más por eso que por lo otro. Le preguntó a una clienta que cómo estaba en el día de hoy. Y podía ser esa la razón por la que el mundo parecía nunca quedarse corto de monjas, podía ser que se tratara de un secreto, y que tuviera poco que ver con la religión, con casarse con Cristo y todas esas sandeces que le enseñaron en el colegio y que aquella muchacha gordita que no se afeitaba las piernas en grado diez siempre repetía como papagayo, y mucho que ver con eso de salirse de aquí, no con dar un paso para adelante o un pasito para atrás, María, sino un paso hacia al lado, un movimiento lateral. Quizás de eso se trataba. «Creo que el baño está ocupado, señora». Y sí rezaban y sí se entregaban a la religión, pero igual hubieran podido entregarse a lo que fuera. «Sí, de seguro hay alguien, toque la puerta». Eso era lo de menos. Lo de más era la decisión, la decisión de salirse, de decir que no, de escapar. ¿Por qué no fue ella la que habló con la monja, especialmente en ese día, que tanto lo necesitaba? ¿Por qué tuvo que ser Carlos?, se preguntó, aunque rápido se dijo que la pregunta era una estupidez, porque ella seguramente la había atendido antes y nunca se había tan siquiera atrevido a mirarla a la cara, por el respeto que le enseñaron en la escuela, así que mejor que hubiera sido Carlos, mejor que hubiera sido él con su sonrisa genérica y su bondad genérica y su alegría de haber sido el payaso de la clase en algún momento en su primer día de clases en la Universidad de Puerto Rico, Recinto de Río Piedras. Carla María lo miró por encima del mostrador y lo vio un poquito más grande, un poquito más apreciable que antes. Estudiándolo pudo ver el parecido que alguna vez había llevado a un cliente a preguntarle si eran hermanos, y si también eran familia del otro Carlos, porque tenían algo similar en la cara, pero lo que los asemejaba no era cuestión de apariencia, porque no compartían ni el mismo color de piel ni el mismo color de pelo, sino algo en la mirada y, escudriñándolo, Carla María se dijo que este Carlos, los dos Cárloses, a decir la verdad, eran buena gente, pero no en el sentido de simpáticos, sino en el sentido de que estaban hechos de algo bueno, de una sustancia que la hacía pensar que sí tenían algo en común más allá de lo poco que tenían en común y, mientras él le explicaba a una señora bajita la diferencia entre el mantecado de vainilla y el de vanilla bean y el de sweet cloud y el de fat free heaven —todos ellos blancos y hechos de la misma base dulce, a la cual le añadían distintos aditivos prefabricados para expandir la oferta— supo que si le decía lo de esta noche, si le decía lo del escape, lo del robo, lo del asalto, lo del golpe, lo de como decidieran llamarlo, él diría que sí, diría que sí sin pensarlo, sin tan siquiera darse un segundo. Con ese primer *sí* comenzaría a rodar una pelota de nieve que en menos de nueve horas sería avalancha, y, como tal, incontenible.

—Carla —la llamó Carlos, pidiéndole ayuda, a la vez que entraba un grupo de siete boy scouts sin su scout master, todos en camisa y gorra kaki y pantalones verde oscuro.

Rara vez Lisa, la jefa, entregaba los turnos dejándose llevar por las preferencias de los empleados, las cuales ya conocía. A veces, a los heladeros les parecía que los distribuía motivada precisamente por qué turnos *no* querrían. Esa era la única explicación para que semana tras semana no hubiera ni uno que se contentara con su horario. Por eso era que negociaban entre ellos con tantas ganas y con la esperanza de armar, a pedazos, un horario que les hiciera posible pasar la semana más o menos bien. La jefa, por supuesto, estaba profundamente en contra de los intercambios. Decía diseñar los turnos cuidadosamente y con atención especial a los talentos y las deficiencias de cada uno de «los muchachos», como los llamaba. Igual de arbitrariamente solía insistir en que todos los empleados debían trabajar durante el fin de semana. Así habría un poquito de igualdad entre ellos y nadie podría pensar que existían favoritismos, insistía. Uno de los Cárloses decía que el hecho de que trabajaran todos, y que todos estuvieran en horario, u *on call*, garantizaba que ni Lisa, la jefa, ni su esposo tuvieran que cubrir turno alguno si se ausentaba un heladero, como ocurría en días de semana. Si alguien se enfermaba de repente o algo por el estilo, siempre habría otro que mantendría la tienda corriendo, aunque fuera lenta, y a las cuatro horas llegaría el siguiente.

Últimamente, para el pesar de todos, Lisa, la jefa, había comenzado a experimentar, transformando el turno de cuatro a ocho de los sábados en un turno de cuatro a diez de la noche. Conocía a los empleados y, por lo tanto, sabía que cuando trabajaban hasta después de las diez, la mayoría solía quedarse en la tienda, aunque no estuvieran cobrando, hablando con los que sí trabajaban, y por pura bondad —«porque gracias a Dios eran amigos»—. A menudo, cuando se quedaban, ayudaban con los clientes si la tienda se llenaba —y siempre se llenaba—. En otras palabras, por pura amistad a veces trabajaban hasta de gratis y, cuando Lisa, la jefa, se enteraba, se quejaba y los regañaba y los amenazaba, refunfuñando que después que se termina un turno el empleado tiene que irse; que aquello no era un parque pasivo o una plaza. Al regaño solía seguirle, sin embargo, un «pero qué alegría que se lleven tan bien y se ayuden como hermanos».

A partir de la primera semana de junio, los turnos de Carla María milagrosamente se estabilizaron. Desde que comenzó a trabajar en The Creamery where ice cream meets heaven, el 10 de febrero del año anterior, no había podido planificar nada con más de una semana de antelación porque una nunca sabía qué esperar del horario. Entonces, de repente, las primeras dos semanas de junio con turnos idénticos. Al principio, le pareció puro azar, pero esto cambió muy rápido cuando abrió la tienda un segundo viernes consecutivo y Lisa, la jefa, esperó que estuviera haciendo el *fluffing* de los helados —cuchareándolos para que cogieran aire y no se endurecieran— para preguntarle cómo estaba. Carla María le respondió que bien, como siempre hacía, pero Lisa, la jefa, insistió una y otra vez, dándole vueltas a la pregunta y permitiéndose una mueca de comprensión que acentuó el gran lunar que tenía en su quijada. Cuando Lisa, la jefa, se anunció disponible en cualquier momento «para hablar» y la abrazó, a Carla María se le ocurrió que alguien —probablemente Maricarmen, otra empleada— le había comentado a la jefa que había roto con su novio en esos días. Apretó sus dientes, un poco ansiosa, preguntándose cuántas personas más lo sabrían. Solo se lo había dicho a uno de los Cárloses. Pero, recordó después, lo hizo en un turno en el que Maricarmen también estuvo y era mucho esperar que respetara la privacidad ajena. Le dijo a la jefa que hablarían después, y esta respondió que allí estaría cuando se sintiera lista, que no se preocupara, que haría todo lo posible para que pudiera «hacer el luto».

«Todo lo posible» era ese horario laboral, que aún la tenía trabajando las mismas treinta y nueve horas a la semana que trabajaban todos los empleados que no estuvieran en la universidad. Pero los turnos estaban distribuidos de tal manera que le permitían las tardes de casi todos los días de la semana, con excepción de los domingos en los que cubría el turno nocturno de la tienda. Para la noche de aquel mismo segundo viernes se descubrió en su casa sin mucho que hacer. Ni su mamá ni sus hermanas estaban, así que simplemente se sentó en el sofá de mimbre, que siempre había estado en la sala, encendió el televisor y se quedó dormida. Fue el sábado siguiente, ya en su bata a las siete de la noche y andando por la casa vacía que se tropezó, por primera vez, en algún lugar entre su habitación y la cocina, con esa pelota enmarañada que es la tristeza.

No la sorprendió, aunque no por eso fue más fácil. Agradeció que no hubiera nadie en la casa. Terminar con una relación es como romper con un vicio en frío. Lo más difícil no fue, para Carla María, la cuestión de aceptar que había terminado todo, porque fue ella quien tomó la decisión. Lo difícil, como con los vicios, fue todo lo demás: fue que el cuerpo mismo insistía en buscar a Ricardo, su ex; que el cuerpo mismo cedía a convulsiones y temblores y la lanzaba a un hueco de alucinaciones donde se veía participando de las más mínimas rutinas de los pasados años, como pasar los últimos minutos de sus visitas sentados en una parte del balcón de la casa que quedaba a oscuras, tomados de manos, mirando el resto de la calle anaranjada por los postes de luz. Allí, sentada en el borde de su cama, mirándose en las puertas de espejo de su clóset, su cuerpo actuaba como si le hubieran amputado una pierna y, ante la ausencia de estímulos que provinieran del pedazo fantasma, generaba las sensaciones que consideraba coherentes, necesarias, vitales. Y dolían. Dolían muchísimo.

La única otra relación de larga duración que tuvo fue entre sus quince y dieciséis años. En aquella ocasión fue el nene, que tenía nombre como de telenovela, Gabriel Tomás Villaverde, quien terminó con ella. Carla María recordaba que aun entonces había tomado el quiebre con alguna distancia. Gabriel Tomás la dejó en la escuela, en el redondel por donde pasaban los carros de los papás a recoger a los estudiantes. Cinco minutos después, llegó su mamá a buscarla. Carla María no le comentó lo sucedido, pero le pidió que se pararan en la gasolinera que estaba cerca de su casa en Villa Blanca, para que ella pudiera comprarse un Old Colony de piña. Con su refresco en mano llegó a la casa, dejó la mochila en la sala y se encerró en su cuarto. Carla María se recordaba a sí misma diciéndose que no lloraría el rompimiento con la misma intensidad que sus compañeras de clase habían sufrido los suyos. Se limitó a llorar lo que pudo mientras bebía su refresco. Luego se echó en la cama y se quedó mirándose en las puertas de espejo, deseando quedarse dormida antes de tener que luchar en contra de sí misma al sentir la necesidad de tomar el teléfono para llamar a Gabriel Tomás y hablar las dos horas que hablaban todas las noches desde que comenzaron con aquel beso en el cine.

En teoría, Carla María hubiera podido intercambiar sus turnos para no tener que estar en su casa a solas todas las noches. La estabilidad del horario le garantizaba un poder de negociación que no tenía ninguno de los otros heladeros: podía especular con sus turnos e intercambiarlos por adelantado. Lo intentó una sola vez, con María C., pero esta se negó porque temía hacerle daño. Todos los empleados de la tienda se habían enterado del rompimiento y, por unas semanas, la trataron como si fuera una muñeca frágil.

Para la tercera semana de noches en su casa, Carla María comenzó a limitar su merodeo a su habitación, porque temía encontrarse con su mamá o su hermana. Todavía no le había contado a ninguna de las dos lo sucedido con Ricardo. Uno o dos meses antes, habían lidiado con el despedazamiento del matrimonio de Kiara, que pasó de una luna de miel de diez años a una caída libre. Carla María no sabía qué sucedió con su cuñado Alberto, pero, al parecer, tampoco su hermana. Según les contó, él simplemente le informó —así, sin ningún sentimiento— que el matrimonio había llegado a su fin. En esa década de relación no tuvieron hijos, pero sí un gato que, como si presintiera que algo sucedería, había

muerto el año anterior, durante e
Desde que se enteró de lo sucedido,
había decidido no pensar en su ahora ex
no solo porque siempre había considerado
eran amigos y le dolía lo repentino de la rup-
tura, sino también porque en el único momento que intentó considerar o teorizar el porqué de su decisión, se descubrió incapaz de hacerlo, como si algo en ella hubiera decidido respetar el quiebre en contra de su voluntad. Su hermana pensaba que había o hubo otra mujer. Pero esto, a Carla María, no le convencía del todo.

Estando en su cuarto esos días fue que se dio cuenta de que alguien por fin había comprado la casa de al lado. Entre la ventana de su habitación y la de la casa vecina había unas cortinas viejas que debían tener la misma edad que ella y, al otro lado de la pared, un canal de cemento de aproximadamente tres pies que servía de desagüe a ambas residencias. Los nuevos vecinos aún no habían colgado sus cortinas, aunque sí habían puesto lo que parecía ser un sofá contra la pared y, frente a este, un gran televisor que ahora bañaba en su luz azulina a la pareja que estaba allí sentada, y de la cual Carla María, asomada, solo podía ver las coronillas de sus cabezas.

Todas las casas de esa calle eran, hasta cierto punto, idénticas. Cuando fueron construidas, a finales de los años setenta, tuvieron tres habitaciones que daban a un pasillo largo, del que se desprendía el baño, y al final del cual se expandía la sala hacia la derecha, y el comedor y la cocina hacia la izquierda. Al frente quedaba la puerta principal. Si los nuevos vecinos habían decidido convertir uno de los tres cuartos en una sala de entretenimiento, eso querría decir que probablemente no tenían hijos o, si los tenían, solo sería uno en la habitación restante y eso significaría que eran jóvenes o, por lo menos, que apenas estaban comenzando sus vidas, porque no conocía a nadie que se mudara a una de estas urbanizaciones viejas con un hijo único, a menos que algo le hubiera sucedido a los demás. Casi podría jurar que más allá de una que otra excepción en su escuela, jamás había conocido a una familia cagüeña que se limitara a un único heredero.

Aunque quizás aquella familia sería la primera. Tal vez era la casa misma que atraía a sus residentes, como para garantizar que permaneciera una excepción. El anterior vecino, un viejo militar llamado don Walter, la ocupó desde que construyeron el vecindario hasta morir en el 2004 a los setenta y nueve años. Vivió toda su vida solo y nunca se casó, ni tuvo hijos ni sobrinos ni nietos. Carla María nunca había visto a una persona más aislada que don Walter. Más allá de los vecinos, a los cuales atrapaba con sus sermones si pasaban frente a su casa lo suficientemente lento, solo le conoció una visita, un ahijado que apareció el día del *pijama party* que su mamá le permitió como celebración de sus quince años. El ahijado de don Walter llegó en un vehículo negro, brilloso, del cual descendió alto, en un gabán, recortado como militar, y guapísimo. Carla

María salió corriendo de su casa al ver el carro, creyéndolo de una de sus amigas, y permaneció allí durante la visita. Fue breve, por decirlo de algún modo. El hombre cruzó la acera, tomó el caminito que daba a la puerta, tocó el timbre, saludó a don Walter cuando por fin salió, intercambiaron unas cuantas palabras, nuevamente le estrechó la mano, regresó al automóvil y desapareció calle abajo, tan-tan. Don Walter esperó a que el carro se borrara, volteó hacia Carla María y le dijo que era su ahijado, el hijo de uno de los compañeros con quienes cruzó el río Han, «otro bravo de los que siguió al general MacArthur». Carla María le sonrió, sin saber exactamente de qué hablaba, y le respondió con un saludo militar, apretando los dedos y llevándose la mano en forma diagonal a su frente, hasta descansar en la visera de una gorra invisible. Desde niña su mamá, como todas las de la calle, había insistido en que cuando no supiera de qué hablaba don Walter, así lo hiciera y este se retiraría. Carla María era la única vecina que siguió haciendo eso después de los diez años e incluso hasta los últimos días del viejo militar. Lo hacía siempre que pasaba frente a la casa, motivada por el mismo instinto por el cual se persignaba al cruzar frente a una iglesia aun cuando no había entrado a una desde que salió del colegio. Lo haría, por ejemplo, hoy, cuando al dejar a la nena en el cuido pasara por casa de su mamá, para dejarle unos envases de vidrio vacíos que le había enviado con comida unos días antes. Los nuevos vecinos ya llevaban una década residiendo allí, pero Carla María seguía pensándolos como recién llegados y a la casa como la residencia de don Walter, viejo veterano de dos guerras perdidas.

Don Walter siempre tuvo esa edad en la que se toma cualquier contacto visual con otra persona como una invitación no solo a la conversación, sino al sermón. Todos los niños de la calle se habían visto alguna vez atrapados por las palabras de don Walter, de las cuales no podían huir hasta que este terminara, por miedo a faltarle el respeto y que sus madres se enteraran. El viejo soldado siempre estaba en el balcón del frente de su casa, sentado en su silla de plástico verde, observando la calle mientras escuchaba radio AM, desde el amanecer hasta el anochecer. Aun en sus últimos días, en los que apenas se podía mover, don Walter fue un hombre grande, imponente. De pie, llevaba su cuerpo como quien lleva un arma y no tiene miedo de usarla.

De niña, Carla María siempre estuvo obsesionada con las vidas raras, cualquiera que fuera contraria a la que conocía. Omarcito, un gordito de espejuelos que era uno de los pocos vecinos de su misma edad, podía pasarse el día contándole de mundos alternos que leía en novelas de ciencia ficción y ella lo escuchaba felizmente, interrogándolo respecto a los detalles más mínimos. Ese tipo de fantasía la calmaba, le suavizaba la ansiedad constante. Pero no eran solo esas vidas fantásticas las que la atraían. No tenían por qué ser radicalmente distintas. La alteración más mínima a lo cotidiano ya la invitaba a la especulación. Quizás, por eso, a diferencia de los otros heladeros, Carla María solo era capaz de recordar a los clientes raros, los excéntricos, con los que no interactuaría en la calle si tuviera la oportunidad. Era una versión de esa curiosidad y no solo los modales lo que la hacía escuchar los sermones de don Walter con más paciencia que cualquiera de los residentes del vecindario. Fue por eso, por ejemplo, que el 12 de septiembre de 2001, pasó más de dos horas sentada en el escalón que daba al balcón de la casa del vecino militar, escuchándolo en un viaje sin principio ni fin, según el cual la Tercera Guerra Mundial estaba a punto de comenzar y era imperativo que todo el mundo comenzara a prepararse. Su hermana Kiara la vio sentada allí y le sonrió con lástima, pero no interrumpió por miedo a que la atraparan a ella también.

Carla María no dudaba que si hubiera llegado la guerra total de don Walter, lo habría visto sonreír por primera vez. La gente del vecindario decía que había sido Vietnam aquello que lo había dejado así, como buscando una explicación satisfactoria al rumbo que había tomado el mundo. Pero, en algún momento en aquellas dos horas, don Walter mismo dijo que lo que le sucedió había pasado mucho antes, antes incluso que Corea. El ejército había sido solo el envase, dijo. El ejército únicamente lo había hecho legible, dijo. Ya entendería ella, añadió, más adelante, cuando las cosas se pusieran duras, cuando no quedara tiempo para tomar decisiones banales, cuando tuviéramos que pensar profundamente en qué implica buscar comida, hablar con un extraño, salir a tomar el sol. «Todos los huevos se pondrán a peseta y no habrá quien pueda escaparse», concluyó y tomó un trago de la botella de agua que tenía al lado de su radio.

—¿Y no se siente solo? —Carla María no supo de dónde le vino la pregunta, pero cuando se percató de lo inoportuna que fue ya era demasiado tarde. Don Walter reaccionó como si lo hubieran golpeado. Carla María no pudo ver el rostro del viejo, pero sintió que el aire a su alrededor se endurecía y no supo si debía huir a su casa, hacer el saludo militar o comenzar a llorar con la esperanza de que las lágrimas aplacaran la ofensa.

Don Walter no habló inmediatamente, pero cuando lo hizo, después de susurrar un «niña pendeja», la sorprendió dándole una respuesta; él, que les recordaba a los del vecindario constantemente que «los niños hablan cuando las gallinas mean». Carla María creyó hasta hace muy poco poder recordar las palabras exactas del viejo, pero hoy ya no estaba tan segura de ello. De tanto repasarlas, de tanto manosearlas con el recuerdo, temía que las hubiera amansado, que les hubiera gastado el filo. No sabía mucho de teatro, pero accidentalmente había transformado aquel momento en una escena teatral. Ya no veía carros pasar por la calle, ni escuchaba los televisores encendidos en las residencias aledañas, tampoco recordaba si hacía calor o frío, si lloviznaba o si la humedad estaba insoportable. En su memoria, don Walter aparecía sentado en su silla de plástico verde en el centro del escenario oscuro, alumbrado por un *spotlight*, a su izquierda una mesita con un radio y un termo de agua fría, y sentada a sus pies, dándole la espalda y mirando al público de frente, ella. En su memoria, las palabras de don Walter le llegaban ensayadas, pronunciadas con la severidad de un actor.

—Te juro que no sé si me estás escuchando o no, nena. Te estoy hablando de que quizás el mundo que conoces está a punto de irse a la mierda y tú me vienes con que si me siento solo. Hay gente saltando de edificios a punto de desplomarse, soldados de manos sudadas esperando recibir noticias sobre cuándo serán movilizados, políticos calculando su popularidad y escribiendo discursos, y tú vienes con esas cursilerías. —Hubo una pausa—. Yo sé lo que tu mamá y todos los demás piensan de mí, yo sé que hoy por hoy soy el loco de la calle, especialmente después de que Pateco se llevó a doña Rita. No me molesta. Digo, no me molesta si piensan que soy así porque vivo como vivo. Me encabronaría, sin embargo, si me piensan tal porque no me casé, por mi soltería. Por pena. Me encabronaría porque los he visto a todos llegar, ajá, así mismito: los he visto a todos llegar ilusionados a hacer sus mudanzas, los he visto a todos abrazando a sus parejitas, así muy felices; a tus papás también, nena, y les he recibido las visitas en Navidad, y les he dado las felicidades cuando paren, pero más que nada los he visto agriarse. He visto cómo se les va yendo el brillito de los ojos, cómo los maridos empiezan a salir tarde de sus casas hasta que algunos deciden no regresar. No hablo na'más de tu papá —dijo don Walter y Carla María sintió un aguijón en el pecho—. Pero la verdad es que no se tienen que largar para que ellas, todas esas fieles esposas, se comiencen a sentir solas, limpiando y criando, limpiando y criando. Si caminas por la calle a las nueve y media de la mañana más o menos, antes de que comiencen a hacer, puedes oírles los llantos desde afuera. Pero nadie dice nada, a nadie le parece eso más estúpido que el viejo militar jamón de la casa azul cielo. Nadie les pregunta a ellas si se sienten solas. La verdad es que sentirse solo no tiene absolutamente nada que ver con estar solo, con vivir solo. Y mejor ve aprendiéndolo ahora que eres nena para que no te lleves tremenda sorpresa después, si es que el mundo sobrevive las próximas semanas. Lo único bueno de las guerras, incluso las que se pierden, porque no conozco ninguna otra, es que, mientras se está en ellas, no hay tiempo para la hipocresía. Tiras a un chamaquito en medio de una guerra y a los dos días tendrás el fruto maduro; no quiero decir que te hace más inteligente, pero sí te ofrece experiencias directas, sí te hace experto en el intercambio de una moneda que no reconoce ningún banco fuera del conflicto. Así que quizás debes agradecer a esos aviones que azotaron a esas torres, quizá debes agradecer que te salvaron de un montón de decepciones que te serán inevitables si seguimos como seguimos. Una vez estés pensando en tu supervivencia, no volverás a preguntarte si te sientes sola porque nada más mirarás a tu lado y verás a tanta gente en las mismas que será imposible hacerlo. Los únicos que temen a la soledad son quienes están acompañados, nena. Apréndetelo.

Carla María bajó la mirada hasta azotar con la acera, preguntándose cuánto tendría que esperar para poder irse, para poder encerrarse en su cuarto. Tres hormigas rojas cruzaron por el cemento. Cuando pensó que el silencio del militar le daba permiso para desalojar aquel espacio, don Walter volvió a hablar. Esta vez a su voz le faltaba el tono sermoneador, la amargura que hacía pensar a Carla María que don Walter preferiría estar hablando con cualquier otra persona. Apenas parecía suya, la voz: era pequeña, anciana.

—Lo que quieres saber, supongo, es si alguna vez tuve a alguien, ¿verdad? —Carla María asintió y evitó mirar al soldado—. Entonces, la respuesta es sí. Intenté. Pero eso no cambió nada.

Años después, cuando Carla María insistió en mudarse a los altos donde vivía ahora, en pleno embarazo y en contra de la voluntad de su mamá y sus hermanas, que intentaron convencerla de que lo hiciera después del parto, a menudo se quedó acostada en la cama, sudando y mirando al abanico dar vueltas en el techo, pensando en don Walter. Después de que el viejo soldado murió, no volvió a sentir esa profunda curiosidad por la vida ajena hasta que comenzó a trabajar en The Creamery y conoció a Noemí, una clienta que bien podría haber sido la hija apócrifa del difunto. Carla María no era religiosa —más por falta de motivación que otra cosa—, pero a veces no podía dejar de preguntarse acerca de quién había decidido crear estos pájaros raros y cómo era que terminaban todos en su camino. Era casi como si le rogaran que se obsesionara con ellos. Y ella no podía decirles que no. Con el tiempo, comenzó a buscarlos y encontrarlos en todos lados con un ímpetu que no había sentido desde que, en algún momento de su preadolescencia, los álbumes de estampitas fueron desapareciendo de las farmacias de vecindario.

El viernes 22, a las tres y veinte, Carla María llevaba más de quince minutos hablando por teléfono con Maricarmen, quien era diez años mayor que todos los demás heladeros, tenía hijos y creía que por mayoría de edad podía dar órdenes al resto de los empleados. Carlos estaba al frente, dando una ronda por las mesas y limpiando en lo que entraban clientes. Desde donde sea que estuviera, Maricarmen le explicaba a Carla María la letanía de problemas que se le habían acumulado en la semana y como la nena mayor tenía catarro y la menor tenía un cumpleaños el día siguiente, y su esposo, que trabajaba al lado, en Paccino's Macarroni and Oven, estaba clavado como con mil horas de trabajo esta semana, y esto y lo otro y lo de un poco más, y Carla María sabía que todo esto era puro prólogo, puro *set-up* y que lo que quería era un cambio de turnos porque, aun sin preguntar sabía cuáles tenía. Carla María le dijo que sí, le dijo que sí a todo, sin saber exactamente a qué estaba accediendo, porque aún estaba convencida de que algo sucedería ese día, aún estaba segura de que ese 22 de julio tenía algo y era su responsabilidad apropiárselo. Maricarmen enganchó exitosamente, sin despedirse, y, tan pronto lo hizo, entró otra llamada.

—The Creamery where ice cream meets heaven, ¿cómo podemos ayudarle? —respondió Carla María.

—Carla María Rosado Rojas —bromeó la voz al otro lado—, es Carlos.

—¿Cuál Carlos?

—Juanca.

—Tienes que dejar esa vaina, Juanca. Carlos son los otros dos. ¿Qué quieres? —preguntó ella, demasiado cortante.

—Diablo, qué modales.

—Entiéndeme: acabo de colgar con Maricarmen.

—Ah, pobrecita, ¿un pan de Dios?

—Pan sobao.

—Bendito, pan de agua.

—Pan con ajo.

—¿Está Carlos?

—¿Cuál Carlos?

—Qué mierda, pues, Carlos. El que se supone que esté.

—Sí está. Pero ahora está atendiendo a un cliente.

—¿A Noemí?

—No, que se atreva. La he estado esperando pero no se ha dado la vuelta.

—Por eso mismo estoy llamando. Hay un tapón endiablado. De seguro se quedó encajada también.

—¿En dónde?

—En todos lados, desde el peaje para acá,

—¿Para acá?

—Para San Juan, pero creo que también desde el peaje de Altos de la Fuente hacia Cayey.

—¿Por qué?

—Los camioneros. Creo que están guiando más lento por joder.

—¿Pero desde ya?

—Uju.

—Fíjate, tu vecino comentó algo esta tarde.

—¿Cuál vecino?

—El sufrido, el del lunar blanco en la ceja.

—Eres la peor. Se llama Alexander.

—*Anyways*, ¿qué quieres que le diga a Carlos?

—Pues, que estoy encajado en el tapón. Digo, no estoy en el tapón ahora. Estuve en el tapón, pero cogí la salida hacia Río Piedras y voy a quedarme por acá.

—¿Cómo que te vas a quedar por allá? Entras a las cuatro, ¿verdad?

—Sí, sí, por eso quería hablar con Carlos.

—¿Lo vas a dejar plantado?

—No, no; por eso, hablé con Carlos.

—¿Ya hablaste con él?
—No, hablé con el otro Carlos.
—¿El otro Carlos te va a cubrir?
—Exacto, Carlos me va a cubrir. Llega a las cinco.
—¿Quieres que se lo diga a este Carlos?
—Sí, dile a Carlos que dice Juan Carlos que el otro Carlos lo va a reemplazar.
—Listo —dijo Carla María y se rio, porque el chiste nunca envejecía.
—Oye. ¿Marielys se ha dado la vuelta?
—Nop, pero fui a Bamboo a almorzar ahorita.
—¿Bregó?
—Me dio un poquito más de comida, pero estaban los gerentes.
—Qué mierda.
—Bueno, ¿eso es todo?
—Diablo...
—No seas tan llorón, bendito.
—Pero es que a veces te zafas.
—Discúlpeme, vuestra majestad, ¿vos deseáis algún otro deseo?
—*Vosotros* y *vos* son cosas diferentes, Carla.
—Y a la mismísima reina del Ducado de Tres Carajos le importa.
—Una cosita más.
—Dime.
—¿Quiénes estaban en Bamboo?
—¿Cómo que quiénes estaban?
—¿Con quién estaba trabajando Marielys?
—¿Problemas en el nidito?
—No seas así, dime.

—Bueno, estaba el gordito, el que se parece a Bolillo el de Burbujita, y estaba la muchacha tra-tra.

—Valery. ¿Nadie más? ¿Quiénes estaban en la cocina?

—Pues, vi a la gerente ayudando, a la cachetoncita, Astrid, y vi al tipo ese, al alto, de los *dreads* y los tatuajes.

—Ah.

—¿Ese es el que te preocupa?

—Nah, no importa.

—¿Quieres que mire antes de irme y te llame?

—No, no, no importa.

—¿Le está tirando a Marielys?

—No importa, Carla. Dile a Carlos lo de Carlos. Me tengo que ir. Hablamos horita.

—Vas a darte la vuelta esta noche, ¿cuando cerremos?

—¿Por qué?

—Por nada. Cuídate.

—¿Y ese tono?

—Nada. Le digo a Carlos que Juan Carlos le dice lo del otro Carlos.

—Majadera.

—Tu abuela.

4

Se podría decir que Noemí era más clienta de Carla María que de los demás. Del mismo modo que Enrique el camionero y compañía eran de Mario, y Lorelai la gringa, también, a pesar de que la compartía con uno de los Cárloses, y el gerente joven de los cines del bigote colorado era de María C., y los muchos vecinos de Juan Carlos de él mismo, y así por el estilo. Sin embargo, todos tenían claro que el tipo de propiedad que ejercían sobre estos era un tema más bien cuestionable. El hecho de que un cliente fuera de uno u otro realmente no tenía mucho valor en sí mismo, con excepción de un poquito más de whip cream aquí, un poquito más de helado acá y, de mil en cien, un descuento ilícito del que el cliente no se percataba hasta después. A veces ni eso. En el caso de Noemí, sin embargo, la cuestión era un poco embelesada, porque ella prefería a Carla María y Carla María la prefería a ella.

Noemí solía venir entre las dos de la tarde y las dos y media, tiempo muerto en día de semana. Ante la ausencia de otros clientes, Carla María y

Noemí tenían largas conversaciones por encima de la caja registradora. Noemí fue la primera persona a quien Carla María le contó que rompió con su novio. Le dijo porque Noemí pertenecía a otro mundo, a otro régimen de las cosas y, sin miedo ni bochorno, le confió que fue ella la que dejó a Ricardo, su novio de cinco años, a pesar de que era un tipo bueno y de que ella misma había planificado su vida alrededor de la certeza de que se quedaría con él, y que, junto a él, viviría una vida bastante cómoda.

Desde que Ricardo estaba en cuarto año, que fue cuando se ennoviaron, su papá y su abuelo lo habían comenzado a entrenar en y para el negocio familiar, uno de los tres centros de reciclaje y acopio de hojalata y metales que había en Caguas. No era el más grande ni el más exitoso, pero sí era estable y venía acompañado de una herencia. Recién en mayo, al terminar de estudiar Administración de Empresas en el Recinto de Cayey, Ricardo comenzó a tener acceso a ese legado y a fungir como segundo en mando de Díaz Scrap & Metals Corp. Ricardo celebró el nuevo estado llevando a Carla María a Ponce y alquilando una habitación en el Hotel Meliá, del cual apenas salieron una vez, para llevar a cabo un simulacro de gira escolar en el que recorrieron las paredes rojinegras del Parque de Bombas y la decepcionante sencillez del sitio arqueológico del Parque Ceremonial Indígena Tibes, en el que ambos desearon que los indios taínos hubieran sido gente un poquito más, no sé, pomposa.

Noemí era la única persona que Carla María había conocido que parecía no juzgarla o, por lo menos, la única persona que conocía que no llevaba a cabo el mismo tipo de juicios que todos los demás seres humanos. Por eso le pudo decir, mientras Noemí se comía el helado mediano de chocolate con pedacitos de galletas Cameos y marshmellows, que había dejado a Ricardo porque cuando lo miraba no podía evitar pensar en un rompecabezas casi completo de dos mil piezas que alguna vez habían montado entre los dos, durante todo un verano, encima de una mesa circular, y en el cual invirtieron alrededor de hora y media por día, bebiendo Mountain Dew con el televisor encendido. Carla María le dijo a Noemí que, al mirar a Ricardo, en alguna ocasión, lo vio como esa pieza que en cuanto una la coloca, revela dónde van todas las demás. Lo raro fue, sin embargo, que al verlo así lo que le dio miedo a Carla María no fue el hecho de que él figurara como esa pieza o que el rompecabezas se hiciera más fácil al colocarla. Es decir, no fue que todo tuviera sentido con él ahí. Lo que la asustó un montón fue que, al colocar esa pieza, no podría ver el color de la mesa que quedaba debajo, que la imagen del rompecabezas escondería la imagen de la mesa. Pensando que lo que explicaba no tenía sentido, Carla María aclaró que no era que quisiera ver la mesa en sí. O sea, que lo que le dio miedo fue la posibilidad de que la imagen del rompecabezas bloqueara la imagen de la mesa —y añadió muy rápido que la mesa, en este caso, era solo una mesa y no era ni tan siquiera parte del rompecabezas ni tampoco una metáfora—. Frustrándose ella misma con su explicación, Carla María le preguntó a Noemí: ¿cómo podía decirle a Ricardo que no lo estaba dejando porque le tenía miedo al compromiso, o porque se había aburrido, o porque quería estar con otros tipos, o porque no lo amaba o algo por el estilo? Lo amaba muchísimo, de hecho, *¡pero la mesa!*

En más de una ocasión, Ricardo le había dicho a Carla María que estaba seguro que ella había nacido sin la capacidad de mentir. O, por lo menos, predispuesta a decir la verdad. La naturaleza, decía, la había maldecido con lo que él denominaba el síndrome Pinocho. Según él, cuando ella mentía era imposible no saber que lo hacía, porque el ojo derecho le parpadeaba demasiado, la piel se le erizaba y el tono de voz, repentinamente, se le agudizaba hasta transformarse en un chiste en falsete. Carla María resintió el comentario en una o dos ocasiones. Pero las más de las veces, que él la cogiera en una tímida mentira, o que él le advirtiera que era imposible no darse cuenta, le causaba una agradable sensación de seguridad. En esos momentos, ella no tenía que hacer más que exhalar, decirle que tenía razón, que había mentido. Entonces reía con un poco de bochorno infantil y se desplomaba sabiendo que los brazos de él estarían ahí para recibirla.

Sin embargo, la mañana del 2 o 3 de junio, le dijo a Noemí, le avisó a Ricardo, justo cuando se habían despertado en el nuevo apartamento de este, que no podían seguir como lo habían hecho por años. No podían hacerlo, en primer lugar, porque no creía que debían seguir juntos y punto. En segundo, porque hacía unas semanas se había tirado a uno de los muchachos que trabajaban en el cine. Ricardo palideció. La miró con los ojos muy abiertos, sin saber exactamente qué hacer. Carla María no supo por qué añadió lo segundo, que era totalmente falso. Mentira: sí sabía. Una parte de ella, inmadura e impulsiva, quiso probar a Ricardo. Esperaba que él reaccionara en silencio, que reaccionara observándola muy lentamente, buscando y constatando el parpadeo de su ojo derecho, la piel erizada, el tono agudo. Esperaba que él le dijera, como siempre, «mientes, Julia de Burgos, mientes», burlándose de una maestra de Español que alguna vez tuvo y que declamaba poesía en el salón a la vez que regañaba a sus estudiantes. Pero no hizo nada de esto. Simplemente se desvaneció. Tal vez eso le dolió aún más a Carla María: que hubiera sido tan fácil cumplir su cometido.

Noemí la escuchó en silencio, añadiendo aquí y allá un «entiendo» o un «hummmm», pero no la interrumpió. Cuando le fue a dar su consejo, o, tal vez, cuando fue a decirle que así era la vida, que a veces uno se deja, a veces no, entró un cliente, y detrás de este otro y otro, y ya eran las cuatro de la tarde, lo cual quería decir que los niños habían comenzado a salir de las escuelas de verano y los campamentos y los cuidos y de todos los lugares donde son recluidos para poder garantizar que el negocio sea el negocio.

Noemí era llenita, bajita y de ojeras eternas a pesar del buen sueño. Tenía el pelo pintado de rubio desde los trece años, al punto de que ya nadie la recordaba de otro modo —ni tan siquiera su mamá, no solo porque sufría de alzhéimer, sino porque apenas había tres fotos en las que salía con su color natural y dos de estas habían desaparecido entre mudanza y mudanza—. Venía a The Creamery where ice cream meets heaven los viernes, aunque dos veces al mes, alteraba la rutina y sacrificaba el mantecado para acompañar a su progenitora al cementerio Borinquen, en la carretera número uno, donde llevaban a cabo un recorrido de once paradas, entre las cuales se encontraban sus cinco tíos, su papá y una serie de parientes a los cuales había conocido solo en aquel estado. En The Creamery siempre ordenaba lo mismo y Carla María siempre solía atenderla, con algunas excepciones en las que la segunda tenía que cambiar su horario, lo cual a Noemí no le molestaba en absoluto. En estas ocasiones, la había atendido casi siempre Carlos, este Carlos de ahora, y no el otro, pero jamás había intercambiado algún comentario más allá de lo normal.

Para Carla María, Noemí era otro de los pájaros raros. Era probable que lo fuera para muchísimas personas más. Pero, en su caso, la rareza se había mostrado fértil para la amistad, y entre las dos podía decirse que existía tal relación, a pesar de que se trataba de una amistad tendida por encima del mostrador, porque habiéndose conocido por más de ocho meses, jamás habían compartido palabra fuera de la tienda. «Fuera de la tienda», por supuesto, no incluía las afueras de la tienda ni el estacionamiento, porque las pocas veces en las que Noemí iba tarde —ese día contaba, ya que había llegado a las cuatro menos veinte, por el tapón, como bien había predicho Juanca en el teléfono—, solían seguir charlando sentadas en las escaleras que daban a los carros, o en alguno de los restaurantes limítrofes. No obstante, más allá de eso, jamás. A Carla María ni tan siquiera se le habría ocurrido tal cosa si no fuera porque Carlos le había preguntado en múltiples ocasiones que por qué no lo hacían, y Carla María siempre se descubría tirando de los hombros y respondiéndole con un simple «porque no», con la finalidad que solía hacerlo su mamá cuando no la dejaba salir con sus amigas sin molestarse en dar explicación alguna. Aun si se le ocurriera hacerlo —intentar verse con Noemí fuera de la tienda—, Carla María estaba segura de que sería casi imposible. Noemí era, además de pájaro raro, o quizás por eso mismo, un animal de rutinas.

Tenía un nombre completo, por supuesto —Noemí Cristina Torres—, pero desde hacía más de dos décadas no había pronunciado en voz alta el segundo, lo cual, tras el resquebrajamiento de la memoria de su madre, había hecho posible que nadie pudiera recordar que existía, con la posible excepción de algún conocido de la escuela elemental que, sin ella saberlo y sintiéndose nostálgica ante la ruta que hubo de haber tomado su vida, se sentara quincenalmente frente a una libreta de líneas entrecortadas a pasar lista de todos los nombres que era capaz de recordar de sus compañeros de clase de segundo grado de 1967. Aún más recientemente, desde el 6 de junio del 92, el día después de que las doscientas cuarenta y cuatro embarcaciones de la Gran Regata Colón encallaron en muelle puertorriqueño, Noemí había comenzado a abjurar de su primer nombre también, para comenzar a pensarse como una parte más en la cuidadosa relojería que comenzó a ensamblar a partir de ese mismo día, a partir del momento en que estacionó su Mitsubishi Mirage del 89 a la entrada de la casa de su madre en el barrio Bairoa la Veinticinco —el cual Noemí le había dicho a Carla María tenía muy poco que ver con el barrio Bairoa tal cual—, donde vivía entonces, y donde seguiría viviendo el resto de su vida.

Si Noemí creyera en las epifanías, hubiera podido decir que fue exactamente eso lo que le ocurrió mientras miraba las decenas y decenas de embarcaciones y los cientos de personas de la Regata. Una epifanía en la que un plan se le develó como la proyección de una película en el telón blanco del cine. O, por lo menos, eso se dijo durante toda aquella tarde noventera, hasta llegar a su diario y sentarse a pasar inventario del día y ver, en las notas de las semanas y meses anteriores, anotaciones que más o menos apuntaban en dirección de lo que comenzaría a llamar «La Idea», y que, a pesar de las mayúsculas con las que se lo imaginaba era un plan bastante sencillo: «pensarse como función». Esto quería decir tanto como tan poco y Noemí lo sabía. Por eso fue que no se lo dijo a Carla María hasta mucho después de que comenzaron a considerarse amigas. La heladera no lo comprendió en un principio, pero no se lo dejó saber a Noemí.

La verdad era que, a diferencia de sus hermanas, Carla María no tenía ningún problema con la ambigüedad. Al contrario. Eran las situaciones que se presentaban sin ningún margen de error o sin ninguna posibilidad de reinterpretación las que hacían que se le trincaran los músculos del cuello, que se le cortara la respiración y que comenzara a sentirse ahogada, ansiosa. Por eso era alérgica a lo sentencioso de las matemáticas —su mamá todavía recordaba la llamada de la secretaria del colegio que, primero, le informó que su hija acababa de tener un ataque de nervios en pleno examen de Álgebra y que había estallado en un llanto que la estremeció por horas, y, segundo, sin ninguna transición, que le recomendaba que buscara ayuda.

Carla María esperó y escuchó más y, poco a poco, fue entendiendo lo que quería decir Noemí. Dos meses antes de la Gran Regata Colón, Noemí, de treinta y dos años en aquel momento, se había pegado en la lotería y se había ganado la tupida suma de dos millones de dólares; lo cual en 1992 era mucho más que en 2005, aunque aun entonces seguía siendo una cantidad obscena si se mira el mundo como Noemí lo miraba y lo continúa mirando hasta el día de hoy. Tras impuestos y tarifas y quién sabe qué más, Noemí recibió millón y medio. La Idea dependía de este repentino cambio de fortuna. Cuando ganó la lotería, Noemí llevaba trabajando diez años para un viejo abogado de pueblo y, como sabían las pocas personas a quienes les tenía confianza, estaba cansada. Esto, en sí mismo, no sorprendería a nadie, solía decir Noemí, porque mucha gente se cansa. De hecho, su mamá, cuando todavía se sabía a sí misma mamá y podía hablar y pensar sin deshacerse, solía decir que no había nada más humano que cansarse, pero que, al mismo tiempo, no había nada tan poco humano como el cansancio. Luego de una breve pero dramática pausa, solía añadir con algo de perplejidad que Dios mismo se cansó tras todo el ajetreo de crear el universo, lo cual siempre le pareció extraño, porque quería decir que la omnipotencia y la omnipresencia y todas esas otras omnicualidades providenciales eran pura cuestión de aguante y resistencia.

A todo esto, Noemí le respondía que su caso era distinto, porque no había descanso que la hiciera recuperar las fuerzas. Su cansancio era otra cosa, le dijo Noemí a Carla María, mirándola cuidadosamente, como si calculara cuánto podía compartir. Al ver que el rostro de la heladera no cedió a la duda con la que se mira a los fanáticos religiosos, añadió que era la vida misma lo que la cansaba. Aclaró que, de cierto modo, eso no era lo que quería decir, pero no sabía cómo más hacerlo. «Me explico», dijo, y eso hizo, diciendo que la vida en sí misma, la vida en tanto levantarse y abrir los ojos y bombear sangre e inhalar y exhalar y alimentarse y defecar y orinar y menstruar y todas esas cosas no cansaban en sí, sino que era todo lo demás lo que la había agotado sin tregua. No era que la suya fuera una vida intensa, o una mala vida, pero todo eso tenía que ver muy poco con «su situación».

De sus amigas, Noemí era la menos guapa, es cierto. También era la menos divertida, la menos inteligente, la menos afortunada, la menos perfilada, la menos motivada y la menos entretenida. Pero era, por millas, la que bailaba mejor. Y esto lo sabía porque llevaba años yendo, una vez al fin de semana, con sus cinco amigas de la escuela superior que seguían solteras, al Rancho de los Trovadores —un extenso rancho en el costado de una colina en las ruralías cagüeñas al que se iba no solo a bailar, sino a *bailar bien*. También había quien iba beber o a comer frituras, pero hasta ellos sabían que lo importante era lo del baile—. Las primeras horas en el Rancho siempre consistían del hostigamiento de hombres de todas las edades, aunque mientras más viejos más persistentes. No era a ella a quien molestaban, ofreciendo trago y pidiendo bailes, sino a sus amigas. Noemí solía esperar pacientemente por quien, hacia la segunda o tercera hora de su presencia en el Rancho, sin más opción —casi siempre un ebanista de la montaña, vestido en una polo de rayitas con los tres botones desabrochados, y un crucifijo de plástico azul cielo colgando entre los rizos de su pecho—, pasara de largo a las otras y le estirara una mano dura dispuesta a bailar lo que fuera —salsa, merengue o bachata—. Una vez que esto sucedía, una vez que la música empezaba y, con ella, Noemí, las ofertas se multiplicaban por horas, hasta que la noche comenzaba a tiritar en agotamiento y los músicos a dispersarse. No era que en el baile Noemí se sintiera más libre, o que en el baile le volvieran sus energías vitales. Nada por el estilo. Pero sí era verdad que, durante esos minutos, a pesar de no sentirse más o menos viva, sí se sentía menos cansada. Achacaba esa falta de cansancio al inmiscuirse en un sistema de pasos específicos, de variaciones, sí, pero de variaciones predecibles, insertas en los confines de una canción igualmente previsible, en la que tanto él como ella, fueran quienes fueran, dejaban de ser quienes eran, y pasaban a ser Bailador y Bailadora, Llevador y Llevada, y por cinco o seis minutos, si se tenía suerte y le tocaba un bailador callado, se transformaba en otra cosa; en eso que en la Regata Colón se le ocurrió llamar una «función».

Carla María asentía, creyendo entender.

—Desafortunadamente, una no puede bailar toda la vida —le había dicho Noemí unos meses atrás a Carla María, aunque también se lo repitió ese viernes 22 de julio, cuando Carla María misma le comentó, tras servirle un helado mediano de cheesecake con pedacitos de bizcocho amarillo, fresas y whip cream, que se comenzaba a sentir desganada, aunque la heladera aseguró que no lo quería decir del mismo modo que ella, pero, aun así, pues, estaba desganada, ¿y qué vamos a hacerle? A pesar de que Noemí le había dicho lo mismo varias veces: «una no puede bailar toda la vida», a modo de refrán, aunque también casi como si se tratara de un sermón cuyo evangelio era la dejadez estructural, ese día Carla María deseó poder emularla, no por primera vez, aunque sí sinceramente.

—Una no puede bailar toda la vida —le había repetido Carla María a Carlos hacía tres semanas, cuando se habían descubierto en la misma cama, con poca ropa, y sin nada que hablar. Él no supo a qué se refería, aunque, por un segundo, pensó que Carla María hablaba eufemísticamente, para decir que ya, que esa misma noche no volverían a trastocarse, pero ella rápido aclaró que simplemente se había recordado, de la nada, de lo que decía Noemí.

—Una no puede bailar toda la vida, dice Noe, aunque se las arregló para bailar toda la vida —comentó ella, con la sábana hasta la quijada y el pudor hasta la coronilla.

—¿Cómo que se las arregló? —preguntó Carlos en aquella ocasión, siguiéndole la máquina, sin mirarla, aunque lo más que quería, ahora que tenían la luz encendida, era echar un vistazo debajo de la sábana para realmente ver a Carla María desnuda porque, en aquellos días, se había percatado de que nunca había visto desnuda a ninguna de las pocas muchachas con las que había estado. Bueno, las había visto fragmentariamente desnudas, pero nunca, por bochorno, había podido mirar, así, sin ningún disimulo. Esa era la única razón por la cual había comenzado a considerar que tenía que conseguirse una habitación de un motel en algún momento, especialmente estando en Caguas, porque tenían vidrios en todos lados. La única vez que se lo comentó a su novia de aquel momento, Marimar, ella se había indignado y le había dicho que ella se respetaba, así que no lo volvió a mencionar.

—Se las arregló —repitió Carla María—, se pegó en la lotería, y, pues, como ella entiende el baile como algo así bien controlado y específico, decidió hacer eso mismo con su vida.

—¿Cómo que hacer eso mismo con su vida?

—Tú sabes, cogió el dinero que le dieron, que terminó siendo como millón y medio y lo dividió entre treinta y cinco o algo así, y se dio un salario de qué sé yo cuánto, ¿cómo cincuenta mil pesos por año?

—Si es a treinta y cinco años, como cuarenta y tantos.

—Pues, eso. Se dio ese salario en el 92 y dejó de trabajar y de hacer todo lo que hacía, y dedicó los lunes a ir a la plaza de Caguas a caminar y leer un libro, los martes a cortar la grama, los miércoles a leer los periódicos de la semana anterior, los jueves a hacer la compra de la semana y, una vez que se abrió nuestra tienda, los viernes a venir a The Creamery a comer helado, para en la noche irse a bailar al Rancho de los Trovadores, aunque progresivamente sin sus amigas, porque ellas se fueron enamorando y casando o saliendo preñadas, y ya no hay nadie que la acompañe; los sábados a cuidar de su madre, y los domingos a descansar, a pesar de que según ella eso no hace nada por el cansancio…

—¿Y qué pasa después de treinta y tantos años? —preguntó Carlos.

—Pues, no sé —respondió Carla María, casi en contra de su voluntad, porque realmente no sabía. Nunca le había preguntado a Noemí, aunque lo hizo después esa misma semana. En ese momento, dejó de pensar en Noemí y comenzó a estresarse al ver que se le acababa el hilo a un tema que ella esperaba durara bastante o, por lo menos, lo suficiente como para que uno de ellos se quedara dormido sin mucho escándalo ni transición, y así no se notara que se moría de los nervios. En parte, quería que fuera Carlos quien se quedara dormido primero, mientras la luz seguía encendida, para poder mirar debajo de la sábana sin tener que sonrojarse ni hacer nada. Un rato antes, cuando estaban en plenos asuntos carnales en la oscuridad, se había sorprendido al tocar el cuerpo del heladero y descubrir que era más gordito de lo que aparentaba, menos sólido, menos tendón y músculo que Ricardo. Apretar un cuerpo en el que se podía seguir apretando sin tocar hueso le pareció extrañísimo, aunque divertidísimo, y, pues, quería ver.

El viernes siguiente, a las tres de la tarde, Carla María le preguntó a Noemí que qué sucedería cuando se acabara el dinero, a la vez que le pasaba un helado de cheesecake con bizcocho amarillo, whip cream y fresas. Noemí tiró de sus hombros y le dijo que nada, a lo que Carla María le preguntó que cómo que nada, y en ese círculo siguieron unos momentos, hasta que Carla María pudo deducir que para Noemí no existía nada después de esos treinta y cinco años, que después de ellos sí que se acababa el baile, colorín colorado, este cuento se ha acabado.

Tras un rato, Carla María volvió al tema y Noemí meneó la cabeza y le dijo que no, que después de esos treinta y cinco, de los cuales realmente solo quedaban veintidós, «qué se yo, expiraré, así porque sí, sin mucho esfuerzo, ni mucha voluntad». Lo dijo tan naturalmente y tan relajada como decía todo lo demás, y Carla María pensó en cómo siempre que compraba leche se le dañaba antes de tiempo. No importaba lo mucho que intentara acabarla antes de la fecha impresa. Tampoco importaba la cantidad que comprara, si medio litro o un cuarto de litro, siempre se le pasaba. Solo se enteraba luego de servirse un café con leche que, tras un segundo sorbo, se revelaba espeso y crujiente, lo cual la obligaba a volver a comenzar su día desde cero y esperar los diez minutos que tomaba la greca de hierro y mango rojo para comenzar a hacer subir la sustancia prieta nuevamente.

Ese día, el viernes 22, Carla María pensó que si fuera a decirle a alguien que no perteneciera a The Creamery acerca del asalto sería a Noemí, porque aunque no entendiera el plan en sí mismo, sí sería la única persona que entendería la necesidad de querer fugarse de la vida. La única persona que entendería que para tal fin no se necesitan grandes gestos.

Desafortunadamente, a tres minutos para las cuatro, a pesar de haber estado en la tienda menos tiempo de lo normal, Noemí se despide de Carla María, diciendo algo acerca del tráfico, y termina su helado. Carla María quiere interrumpir su partida, pero un nuevo cliente la detiene, y, al mismo tiempo que le da una recomendación a este, ve a su amiga salir por las puertas de vidrio y, de repente, la golpea la sensación de que no volverá a verla.

Años después, una de las tardes de verano en las que sudará tirada en la cama de su nuevo apartamento desamueblado, con su embarazo como un peñón que le deforma el vientre e intenta alcanzar el techo, sola, Carla María pensará tanto en don Walter como en Noemí y se los imaginará como miembros de una sociedad secreta, una sociedad de pájaros raros que no se conocen entre sí, pero que por vivir *de cierto modo* pactan, se matriculan a un grupo sin matrícula cuyo único requisito es decidir no comerse el cuento. Carla María habrá tenido mala barriga todo ese día y el mundo entero le pesará y, en ese ánimo —que si no será constante durante los nueve meses que cargará a la nena, tampoco será inédito—, se preguntará por qué, por más que intenta, nunca puede unírseles.

5

Cuatro y siete y Carla María cerró la caja tras cobrarle al último de sus clientes, entró al pasillo-oficina y, en un mismo movimiento, se quitó el delantal negro, lo colgó de unos ganchos que estaban detrás de la puerta, tomó su mochila, abrió la puerta de metal pesado y entró al *freezer* a cambiarse de ropa, donde fue recibida por el eterno grado Fahrenheit, la cámara interior metálica, y las cuarenta bandejas restantes de helado. Como solían hacer todos, se quitó la ropa negra del uniforme y la colocó en una bolsa de plástico, que cerró rápido, pero, en vez de vestirse de inmediato y huir del frío, se detuvo y, sin pensarlo dos veces, pegó su espalda al frío metal de los anaqueles donde descansaban los helados. No era la primera vez que lo hacía. Aun así, reaccionó como si lo fuera: fue sorprendida por un golpe eléctrico que su cuerpo no pudo procesar ni catalogar más allá de la sacudida. Insistió en quedarse pegada al metal por un minuto más, descalza y fría.

Mario solía decir que en el *freezer*, como en el espacio, nadie podía escucharte gritar, y era cierto.

Carla María tenía muy pocos lugares para desconectarse, para aislarse de todo sonido y de toda voz, y el *freezer* era uno de ellos. Una no podía quedarse adentro mucho rato, pero los cinco o seis minutos que podía soportar valían la pena. El frío la calmaba, la hacía centrarse después de turnos de cuatro y ocho horas en los que sentía que se dispersaba minuto tras minuto, como un hielo que dejan caer en medio del mar Caribe y que por más que intenta mantenerse sólido y soberano es incapaz de lograrlo.

La verdad era que Carla María no odiaba The Creamery where ice cream meets heaven, ni tampoco odiaba el esparcimiento del que intentaba recuperarse allí junto a los helados. Sufría The Creamery, pero solo porque se suponía que lo sufriera, porque a veces se angustiaba pensando que se le iba la vida en aquello, aunque siempre, al final, en el *freezer*, se decía que si no se le iba la vida allí se le iría en cualquier otra cosa. Y eso era lo más importante, porque, a pesar de haber pasado las últimas horas mirando el reloj y añorando aquellas cuatro y diez de la tarde que debían ser en aquel momento, realmente no tenía ningún plan ni ningún lugar a dónde ir al finalizar su turno.

—No tengo ningún lugar a dónde ir —se dijo en voz alta, y aunque ese viernes específicamente era cierto, porque ya no iba a la universidad ni tenía planes con su ahora exnovio ni tenía que ayudar a su madre con nada, en más de una ocasión en la que sí había tenido planes se había descubierto sintiéndose del mismo modo. Aun entonces, sentía que no *tenía* que ir a ningún lugar, que bien podía estar o no estar donde estuviera. En parte, cuando rompió con Ricardo por la cuestión de la mesa y el rompecabezas, esta sensación había estado presente en la ecuación. Desde hacía algunos meses, estar en una relación la había hecho sentir como si le hubiera mentido a una maestra diciéndole que perdió una asignación que nunca había completado y después de convencerla, llegara a la casa y pasara toda la tarde buscando la tarea. Supuso que era lo mismo con The Creamery where ice cream meets heaven. Supuso que era lo mismo con todo tipo de planes. De repente, todo era parte del rompecabezas y, por consecuencia, obstaculizaba la posibilidad de ver la mesa. Aunque quizá en The Creamery se tratara de un rompecabezas mucho más sincero, si es que pudiera haber tal cosa, porque nadie intentaba darle más importancia a aquel *part-time* del que se merecía —con excepción de Raúl, el esposo de la jefa.

Ya afuera y montada en el carro, Carla María miró hacia la tienda, y vio a Carlos hablando con una familia que acababa de entrar. Desde afuera, la tienda se veía extremadamente limpia y nueva, como salida de un anuncio de televisión. El estacionamiento del *mall* comenzaba a llenarse. En vez de ir a la casa, como había pensado, se bajó, y siguió hacia el cine. Ya había fila, y bastante larga, pero el gerente del bigote rojo la reconoció y la llamó para preguntarle que qué iba a ver y con quién. Carla María no tenía ni idea de qué estaban dando, así que le preguntó que qué comenzaba ahora y él le dijo que la de los pingüinos, la que narraba Morgan Freeman, y ella le dijo que estaba bien, que compraría el *ticket* ahora mismito, pero él insistió en regalárselo y, no solo eso, sino que le informó, una vez con el boleto en la mano, que la acompañaría, porque no tenía nada que hacer y acababa de salir de su turno.

Carla María tiró de los hombros. El gerente, según la plaquita de identificación que llevaba en su camisa, se llamaba Esteban. De camino a la sala, Carla María le preguntó si podía regalarle otro *ticket* para una película a la tanda de las nueve, porque creía que pasaría toda la tarde ahí, y él pensó que insinuaba que pasaría toda la tarde viendo películas con él, y le dijo que sí, que tenía boletos para la nueva de Batman, y ella le dijo que no veía ninguna peli del *alter ego* de Bruno Díaz desde aquella en la que salió Jim Carrey, a lo que él le respondió que *tenía* que ver esta, porque era más oscura y más seria. En ese momento, hubiera podido ver cualquier cosa. Simplemente quería matar el tiempo hasta que fuera la medianoche, hasta que se reuniera con los otros heladeros.

Justo antes de salir, Carlos le había dicho que sí, que asaltaría la tienda junto a ella.

6

Quién sabe cuándo entró el mensaje a su teléfono, pero Carla María lo vio tarde, mucho después de que la nena se hubiera dormido, de que ella misma se hubiera dormido, de hecho. Despertó en el medio de la noche, ¿de la mañana?, preocupada de que hubiera olvidado apagar la hornilla tras hacer el chocolate caliente que le prometió a su hija la noche anterior. Sin querer despertar a la criatura, que quedó dormida instantáneamente a su lado, salió al pasillo y, antes de mirar a la estufa, antes de constatar que estaba apagada, como se suponía, vio el incendio, vio el fuego escalar la pared y florecer contra el techo, esparciendo su efecto negro aun donde no alcanzaba, haciendo derretir, por ejemplo, la cara del reloj de Hello Kitty que les sonreía todas las mañanas, obligando a los bigotes que servían de manecillas a hacerse líquidos, primero, y luego deshaciendo el lazo rosado y el punto amarillo que hacía de nariz, y, antes de que las llamas se expandieran y la alcanzaran a ella, que la hicieran soltar la piel, el teléfono se encendió, parpadeó, no con el mensaje en sí, sino con el recordatorio de que había un mensaje sin leer, y Carla María exhaló, y desapareció el incendio aunque ella quedó atorada por un momento más en la preocupación ansiosa de qué hacía una si la casa le cogía fuego, qué hacía una si la estufa estaba a menos de cuatro pies de la puerta principal y la llamarada la tomaba mucho antes que cualquier otra cosa, ¿cómo se escapa? ¿Debería meterse en la bañera y prender el agua o sería que el calor haría al líquido hervir y, cuál muerte era peor?

«Carlos Serrano», leyó, al tomar el teléfono y ver que no era un mensaje de texto, sino uno de Facebook. Dudó si leerlo.

En la oficina del dentista donde trabajaba, las asistentes dentales se dividían en dos grandes bandos ante la red social. Para dos de ellas, ni las más viejas ni las más jóvenes, Facebook era una extensión del día a día, una amplificación de las relaciones sociales. Las dos se la pasaban todo el día revisando sus teléfonos y contándole a todos los demás cualquier cosa que sucediera, riéndose incluso cuando estaban tristes. Para las otras dos, Facebook era un hoyo negro por donde solo se asomaban exnovios resentidos o arrepentidos y antiguos compañeros de los salones hogares de la vida, buscando reconectar y, casi siempre, bellaquear. Carla María y el dentista, el doctor Harrison, todavía se abstenían de juicio alguno. Lo cierto era que ella no tenía ninguna intención ni interés en reconectar con personas de la escuela y solo usaba el aparato para ver fotos de su sobrino cuando sus hermanas le decían que lo hiciera. Dos días después de crear su cuenta, unos años atrás, se le llenó la lista de Friend requests de personas de la escuela con quienes nunca habló, personas con las que tomó clases en el college cuando regresó a terminar su grado asociado de asistente dental, y de primos a los que hacía rato no veía. Solo aceptó a estos últimos y a unos cuantos amigos de la escuela a quienes recordaba con cariño. Muy pronto, la cuestión se volvió demasiado intensa y, para evitar criar otro foco de ansiedad, decidió que pospondría el vicio.

«Carlos Serrano», volvió a leer y barrió con su dedo hacia la derecha, accediendo al mensaje. Era una línea genérica: un saludo, un «cómo estás». Carla María cliqueó en la imagen del rostro, el cual no reconoció, y accedió al perfil. Después de mirar dos o tres fotos, respondió el saludo. Obtuvo una contestación casi inmediata.

Pasaron quince minutos y se dejó caer contra el respaldo del sofá, su cara alumbrada por el azul del teléfono celular y se obligó a imaginar a Carlos, después de tantos años, sentado en el sofá de alguna sala cagüeña, leyendo en voz alta el intercambio electrónico entre ellos. Desafortunadamente, fracasó y, alrededor del Carlos que había convocado, frente a ella fueron apareciendo las paredes rojas de The Creamery where ice cream meets heaven, las mesas, los anuncios del helado del mes, la fila de clientes desde la puerta principal al otro lado; al fondo, el mostrador, las piedras de granito, la vitrina de helados y, detrás de esta, él, con su teléfono en mano, respondiéndole los mensajes y haciendo todo lo posible para pasar por alto los once años transcurridos desde la última vez que se vieron y el hecho de que ese último encuentro fue todo menos normal.

Antes de ese día, habían pasado cuatro años desde que Carla María pensó activamente en The Creamery where ice cream meets heaven. Lo sabía con exactitud porque fue cuatro años atrás que su mamá y su hermana trajeron a su psicóloga de infancia, Zulmita, al apartamento para que la ayudara a ponerse de pie después de que un golpe de mundo —así llamaba la doctora a los ataques de ansiedad— la hubiera lanzado al suelo. No había sido el recuerdo de la heladería lo que había causado el ataque, pero, aun así, la insistencia de Carla María de repasar lo sucedido, de intentar recordar hasta el más mínimo detalle de aquel viernes de 2005, de buscar en las acciones de sus compañeros algún indicio de sus intenciones y de sus esperanzas, la habían llevado a un tipo de inquisición frenética, un alegato en contra de los otros heladeros y de sí misma.

¿Por qué ahora la heladería?, le había preguntado la psicóloga, y ella le había intentado explicar que no era tanto el recuerdo de cómo fue el día, sino las posibilidades que había ofrecido, y tuvo que intentar explicarle qué quería decir, aunque fue incapaz de contarle del plan, de lo que esperaban que sucediera, de lo que había sucedido. Temía que si lo hacía, el día perdería un poquito de la carga que aún conservaba.

Cualquier persona que no hubiera estado relacionada, habría podido decirle que había sido una estupidez, una cuestión infantil. ¿Qué pensaban hacer con esa cantidad de dinero? ¿A dónde pensaban irse y por cuánto tiempo?

Quizás esa era la respuesta. Tras años de terapia con Zulmita, Carla María sabía que lo que la doctora le recomendaría sería «llevar la idea hasta sus últimas consecuencias», «pensarla hondo». Solo así lograría desarticular el foco. Pero la verdad era, se dijo entonces, que no quería hacerlo. Eso mismo le dijo el día después del ataque y decidieron por otra técnica: echarlo a un lado. Aislar el recuerdo, compartimentarlo hasta el punto que Carla María pudiera verlo venir y decidir cruzar al otro lado de la calle —todas estas eran palabras de Zulmita—. Serviría, le dijo la doctora, si se enfocaban en discutir las otras cosas que pasaban en su vida, en categorizarlas, en intentar suavizar la inmediatez del día a día, y así darle la oportunidad de funcionar lo suficiente como para garantizar no solo su bienestar, sino también el de la nena. Eso fue lo que hicieron y, de cierto modo, así comenzó lo que Carla María había venido a llamar su celibato —un celibato que no era solo sexual, sino casi casi experiencial.

Pero, entonces, aquel mensaje de Carlos, el regreso del recuerdo de The Creamery y, junto a él y toda su intensidad, la pregunta: «¿por qué no la habían buscado antes?». Habían pasado casi once años desde el día del asalto y, aunque la mañana posterior, la del 23 de junio de 2005, pensó necesario desaparecer, jamás imaginó que sería capaz de hacerlo tan perfectamente. Una vez los años comenzaron a acumularse, empezó a albergar la esperanza, en contra de su voluntad, de que en medio de una visita al *mall*, de una vuelta por la Plaza Palmer o de una parada en la Panadería La Asturiana, se tropezara con uno de los otros heladeros, como lo hacía con el resto de los cagüeños. Pero no sucedió. De repente, parecía como si las montañas que hacían de Caguas un valle hubieran decidido comenzar a retroceder para transformar al municipio, que hasta entonces había sido una pecera, en un mundo, y así evitar el encuentro de Carla María con sus conspiradores, y ella no podía parar de preguntarse cuánto más se podría estirar aquel espacio antes de que se rasgara justo en el medio y el hueco terminara por tragárselos a todos.

No fue hasta años después, cuando apareció Facebook, que descubrió que nunca supo los apellidos de los otros empleados de The Creamery. Hasta entonces siempre habían sido nombres y apodos, nombres y chistes, nombres y caras. Aun con la red social y la constante reaparición de personas que alguna vez conoció, jamás se tropezó con sus rostros por entre las fotos de perfil. Finalmente, se dio por vencida, por supuesto. No era que necesitara amigos o amigas por esas fechas. Tenía a sus hermanas, a quienes veía semanalmente y a Natalí, una muchacha que había conocido en la compañía de *telemarketing* en la que trabajó después de The Creamery y antes de volver al college, y con quien todavía se veía de vez en cuando. Después tuvo a las compañeras de la oficina del dentista. No era un jardín, pero ella tampoco un colibrí.

7

De manera muy similar a como lo haría diez años y pico después en su casa, Carla María cerró los ojos y al abrirlos lo que vio en la pantalla de Caribbean Cinemas no fue la travesía anual de los pingüinos emperadores de la Antártida a la cual había entrado con Esteban, el gerente, sino que proyectada en el rectángulo blanco vio a The Creamery, y la escena comenzaba muy similar a la que imaginó antes, aunque esta vez era narrada, como con los pingüinos, por la voz celestial de Morgan Freeman. Allí, en *surround sound*, retumbaba el titilar de los pasos de aquellos tres centímetros largos y deprimidos de vida aplanada, negro-púrpura, antenas filiformes, y ahí iban deslizándose por la cuchara de hierro. La mujer rubia que estaba en la vitrina no se percató del insecto a tiempo y sonrió frente al vidrio, y le comentó a la señora trigueña que la acompañaba que ese era *her little sin*: *cheese cake ice cream with chopped bananas and whip cream*. El heladero quiso cerrar los ojos, pero no lo hizo porque sabía que el insecto se haría notar más. La solución fue sumergir el utensilio en el helado y empuñarlo como si fuera daga hasta que sintió que chocaba con el fondo de la bandeja. Un golpecito más y el pequeño cuerpo del insecto cedió, *tac*. En el mismo movimiento, el heladero, que se llamaba Carlos, aunque como ya sabía el público espectador no era el único Carlos allí empleado, giró su muñeca lo suficiente, y tras el largo y fluido tirar hizo nacer una esfera redonda y perfecta y qué bien lo hacía.

Carlos puso el helado sobre la plancha fría de granito que estaba a su izquierda, y le dijo a Lorelai, la gringa, a quien conocía, que pasara por allá, porque eso hacía distinta a The Creamery where ice cream meets heaven: los clientes podían participar de la creación del helado, y en el comercial que pasaban en la televisión salía el muchacho rubio tomando la bola de mantecado y colocándola sobre una plancha de granito, y, con las cucharas, cavándole un hueco en el centro, donde el cliente decidiría qué añadirle —una selección de más de cuarenta diferentes dulces y frutas y nueces— y la mujer, que era alta y rubia y aunque mayor, despampanante, le dijo que solo y simplemente *chopped bananas and a dollop of whip-cream*, y sí, se dijo a sí mismo Carlos, aquel turno que, por lo pronto y tras la partida de Carla María, enfrentaba sin compañía iba a ser tremenda porquería, y no nada más porque las cucarachas resurgieron tan pronto Carla María salió por la puerta sino porque, al mismo tiempo que estas se revelaron, pudo ver, a través del vidrio, y recostado de las rejas de metal que estaban a las afueras de la tienda, a Antonio, el sandwichero ante el cual Mario y él decidieron romper el trato sobre el que dependía el mercado negro que habían establecido con los empleados de Subwich; el sandwichero que muy brutamente Mario y él decidieron humillar el veintiúnico viernes en el que había decidido traer a su novia nueva a comer helado, antes de llevarla al cine. Cuando Carlos pudo ver que Antonio lo miraba y Antonio pudo ver que Carlos lo miraba, el heladero hizo un gesto con la quijada, saludándolo, intentando restablecer si no la amistad, por lo menos la cordialidad, pero Antonio simplemente sostuvo la mirada, serio, y con un dedo índice le dio tres toques al reloj dorado bajo el cual se escondía su muñeca.

Sí, se volvió a repetir Carlos, dijo Morgan Freeman, mientras le pasaba el helado relleno de fragmentos de blatodeos nocturnos, de élitros y antenas, de patitas y abdómenes y quizá hasta alitas delgadas como pedacitos de piel reseca. Sí, una vez más, aquel turno sería una mierda, y lo único que podía hacer era sobrevivirlo u olvidarlo, lo cual no se le haría tan difícil, por lo menos por las primeras horas, por lo menos mientras tuviera que prestarle atención a los millares de insectos deslizándose por entre las sillas de madera sintética, por los bordes de las paredes cubiertas por anuncios, por debajo de las mesas emplegostadas donde los clientes plantaban los codos para la adquisición de la fuerza necesaria a la cucharada. Ninguno de los clientes comedores de mantecadito de cheesecake con pedacitos de guineo y whip cream lo habían mirado directamente a la cara, la de Carlos, este Carlos, digo, y le habían preguntado «¿Me debería comer este mantecado?», porque si lo hubieran hecho él no hubiera podido mentir (tampoco hubiera podido hacerlo el otro Carlos, mucho más bueno, ni siquiera Juan Carlos, que fama de títere tenía) y hubiera dicho: «No, no debería, hay invasión de cucarachas y hormigas una vez al mes; hay hongo en las neveras, hay pelos enrollados en el helado de chocolate y, a veces, no lavamos las cucharas por semanas, no porque seamos mala gente o le tengamos mala fe a alguien, sino porque se nos acaba el turno y se nos olvida y tenemos que irnos antes de que nos manden a hacer otra cosa».

A aquel Carlos no se le acabaría el turno hasta las nueve de la noche, momento en el cual pensaba que abandonaría la tienda, dejando en su lugar al otro Carlos, al que trabajó en la mañana y que sustituiría a Juan Carlos, como se le informó en la llamada a Carla María; a Mario y a María C., quienes se supone que llegaran por oleadas, uno cada dos horas, con excepción del primero de estos, que de seguro estaría ya de camino, aunque ahora mismo él no lo necesitaba o, por lo menos, no creía necesitarlo porque el flujo de clientes había coagulado, y las cucarachas parecían limitarse a los bordes y a las sombras y a las afueras de la jornada heladera de los dos pares de clientes, entre los cuales se encontraba Lorelai la gringa y su amiga de turno, que comían sus postres felizmente en las mesas.

Como le contó a Carla María en más de una ocasión, antes de Lorelai la gringa, Carlos no había conocido ni a muchas americanas ni a muchos americanos en su vida. No solo porque era samaritano, es decir, del municipio de San Lorenzo, sino porque, más específicamente, era de Espino Alto, una barriada más alejada incluso que su tocaya, Espino. Tan alejada que mucha de la gente de la segunda apenas había escuchado de ella. La excepción había sido una gringa prietita, o afroamericana, como aprendió a decir entonces, que conoció allá arriba y fue maestra suya en la escuela pública intermedia John C. Calhoun, antes de que la cerraran por falta de *quorum* en el 96, cuando estaba en octavo grado, e hicieran que todos los residentes en edades escolares de la barriada se mudaran a otra institución, la María Cruz Buitrago, que tenía cupo para ellos en el barrio Espino. Esa otra escuela les quedaba a casi veintitantos minutos, razón por la cual el municipio había donado una guagua y un chofer al que, a partir de ese momento, le habían comenzado a llamar Espino el Bajo, confundiéndolo con su destino. En la escuela nueva, los estudiantes esperaban encontrar a miss Debbie Clay, la maestra gringa, en el salón de Inglés, como todos los días en la antigua Calhoun, pero al llegar descubrieron que la habían transferido a una escuela de mayor rendimiento en el área metropolitana. De hecho, Carlos y algunos de sus amigos habían escuchado comentar a otros maestros que miss Debbie Clay había sido maestra de ellos solo por puro error burocrático, que aquellos cuatro meses en los que la tuvieron fueron producto de la ineptitud de alguna secretaria hastiada en el Departamento de Educación. Incluso, y esto lo supo Carlos posteriormente, la trasladaron solo tras una llamada del director de un programa de pedagogía de una prestigiosa universidad del estado de Virginia, responsable de haber enviado a miss Debbie Clay al mismísimo secretario de Educación, en la cual no solo le recriminó abandonar a una maestra estrella en el medio de la nada, sino, además, hacerlo y dejarla incomunicada. Fue solo tras esa comunicación que la gente en el Departamento de Educación descubrió que existía una escuela llamada John C. Calhoun en primer lugar, en un barrio igualmente desconocido llamado Espino Alto, y que la escuela en cuestión tenía apenas treinta y tres estudiantes, y una docena de maestros septuagenarios, que se dio la orden de cerrarla. Durante esos cuatro meses de contacto, sin embargo, Carlos estuvo obsesionado con miss Debbie Clay y su clase de Inglés, no obstante la calidad de su rendimiento estudiantil. La clase era de inglés en nombre nada más, porque los estudiantes de Espino Alto jamás habían tomado una clase decente y apenas podían dictar los días de la semana y los meses en la lengua. Miss Debbie Clay, por suerte, sí sabía hablar español, aunque un español que los estudiantes calificaban de «pateao». La maestra estaba menos sorprendida de hallarse repentinamente en Espino Alto, lo más cercano al medio de la nada, que de hallarse en una escuela llamada John C. Calhoun. Si para los estudiantes no significaba nada, quizás porque le llevaban diciendo Yon Calzón por décadas, para miss Debbie Clay el nombre era un horror, porque le pertenecía a un defensor de la esclavitud, a quien ella personalmente responsabilizaba, algo erróneamente, por la expansión de la esclavitud en Texas en el siglo XIX americano, de modo que, durante su estadía, decidió dedicar los cuarenta y cinco minutos de su clase a largos discursos sobre historia estadounidense.

A los catorce años que tenía entonces, Carlos podía decirse enamorado de miss Clay. Podía decirse también que la pensaba siempre que se encerraba en el baño de la casa de la abuela materna con quien vivía. En estas sesiones de, bueno, masturbación, porque eso era lo que hacía, no podía parar de pensar en la maestra, aunque cuando cerraba los ojos no la imaginaba tal cual, con o sin ropa, sino que manos a la obra, surgía ante él implantada en una narrativa entera, inspirada por sus lecciones del siglo XIX: se veía huyendo hacia el oeste con la maestra montados en un caballo blanco, tomando para sí ciento cincuenta acres de tierra sin dueño y efectuando el *homestead act*. Allí, los jóvenes amantes establecían su casita de madera y poco a poco fundaban su propia barriada, y la llamaban Espino The High. Después, ya propietarios, comenzaban los intentos de poblar la tierra, una y otra vez.

—Carlitos, *sweetie* —llamó Lorelai la gringa, desde su mesa, y él se asomó por encima del mostrador de los helados—, ¿me puedas dar un helado de chocolate y brownies *to go*? —preguntó, en un español que, a pesar de haber vivido en la isla más de veinte años, según le había mencionado a Mario en alguna ocasión, jamás había mejorado. Carlos le sonrió, y miró el reloj, que anunciaba todavía las 11:50, porque ni él ni Carla María le habían cambiado las baterías. Debían ser las 4:20 o 4:30 realmente, lo cual quería decir que aún tenía hora y media antes de que comenzara el verdadero *rush* que anunciaba el comienzo del fin de semana. Para ese momento habría llegado el otro Carlos, se dijo, aunque no estaba muy preocupado, porque de todos los empleados de The Creamery where ice cream meets heaven, su tocayo, a pesar de no ser su favorito, era el más confiable.

Tras servirle el helado a Lorelai, como no había más clientes, Carlos buscó un rollo de papel toalla y el líquido azul con el que limpiaban el inmenso vidrio grueso que era la fachada exterior de la tienda, y salió para hacerlo desde afuera. Esa era la única labor en la tienda que sinceramente odiaba, y estaba a punto de comenzar a quejarse cuando Marielys, la novia de Juan Carlos y empleada de Bamboo, le pasó por el lado y le preguntó que si también estaba la cosa lenta en The Creamery, a lo cual él respondió afirmativamente con una mueca.

—¿Esa es la gringa de la que me ha hablado Juanca? —preguntó Marielys, lanzándole un vistazo a Lorelai, que permanecía adentro de la tienda comiéndose lentamente el primer helado que ordenó un rato antes.

—Esa mismita —respondió Carlos, sin mirar a Marielys. Intentaba no hacerlo directamente, porque, por eso de decir la verdad, desde que la conoció le gustó mucho, a pesar de ser novia de Juan Carlos. No solo le gustaba porque una vez la vio en tarima bailando con los raperos Alexis y Fido en las fiestas patronales de San Lorenzo, en ropas pequeñísimas de las cuales se escapaba toda su despampanancia, sino, además, porque era de esas muchachas de escuelas privadas y urbanizaciones de acceso controlado que a pesar de que bailan con cantantes de reguetón, terminan yendo a la universidad y viajando todos los veranos a la Florida, y no se toman nada tan a pecho.

Hasta cierto punto, para Carlos, que se consideraba a sí mismo un jíbaro de campo, Marielys y Carla María eran más o menos el mismo tipo de muchacha. La diferencia entre ellas era que, mientras que la primera lo atraía y lo hacía suspirar, la segunda lo intimidaba. No porque una fuera más difícil que la otra o más exigente que la otra o más comemierda o pedante que la otra (ninguna lo era), sino porque, a pesar de ser el mismo tipo de muchacha de urbanización y de viajes a la Florida y de papás universitarios y eso, Marielys, según Carlos, había extrapolado de lo que Juan Carlos había comentado, tenía sueños y tenía planes y todos estos eran bastante simples, bastante asequibles o lógicos. Carla María, por el otro lado, era oscura. Pero no en el sentido de pesimista o en el sentido que Carlos mismo se consideraba oscuro, y consideraba a su novia oscura —ellos lo eran porque escuchaban heavy y death metal, como casi todo el mundo que vivía en Espino Alto, y su oscuridad se basaba en vestirse de negro y a veces desear que todos sus obstáculos se fueran para el mismísimo carajo—. La oscuridad de Carla María, y esta era la teoría de Carlos, y esto era lo que él no podía sacarse de la cabeza cuando terminaron metiendo mano, a pesar de lo rico y a pesar de lo extraño de todo el tirijala, era la oscuridad que existe entre el vaso y la mesa, entre el helado y la taza en la que uno lo sirve, o, como también se lo explicaba a sí mismo, era la oscuridad de querer exactamente lo mismo que quiere una persona como Marielys o una persona como él, a pesar de las diferencias, y saber que lo quiere porque es lo que le han enseñado que debe querer, y, a pesar de quererlo y saber que lo quiere solo porque debe quererlo, querer saber el porqué de ese deber quererlo, y no solo eso, sino querer saber no ya la razón del porqué del deber quererlo, sino las condiciones del porqué del deber quererlo. Aunque todo esto sonaba como un trabalenguas, a Carlos le parecía apto.

Quizás fue por eso que cuando, antes de irse al cine, ella salió de la nevera y se le acercó a él, que estaba en el área de los helados haciendo el *fluffing*, y le dijo que asaltaría The Creamery where ice cream meets heaven esa noche, y le preguntó si él la ayudaría, él no pudo decirle que no. La entendió de inmediato. No la dejó ni terminar la oración en la que le decía a él que nada de aquello tenía sentido, en la que le decía que debían irse, irse muy lejos.

Sí, sí, asintió Carlos, quizá porque en ese momento estaba pensando en su maestra, en miss Debbie Clay, aunque realmente, de más de una manera, siempre había estado pensando en ella. Siempre había estado pensando en el mundo del que ella les había hablado o, por lo menos, del mundo que él había sacado de sus palabras. Si miss Clay se hubiera enterado de que lo que él adquirió de sus lecciones fue una pasión por el Viejo Oeste, se hubiera decepcionado vilmente. Todas sus lecciones al respecto habían insistido en la violencia implícita en la fantasía de vaqueros, en la expansión de la esclavitud gringa en el momento en el que estaba a punto de desaparecerse en todos los otros lugares, y sí, él había registrado estos datos, pero más importante había sido la fantasía en sí. La fantasía descontextualizada, por supuesto, porque, por más películas que viera, no se podía imaginar otra cosa que no fueran montañas tropicales y aguaceros tropicales y vaguadas y avisos de huracanes todos los otoños, y se imaginaba a sí mismo montándose en su caballo con ella a su lado o ella adelante, yéndose hacia el atardecer, como en las películas.

Lo que Carla María le propuso entonces, se dijo, era precisamente eso.

8

Una vez, durante una sesión de entrenamiento que convocó el organismo central de las franquicias de The Creamery where ice cream meets heaven en el Caribe Hilton, y a la cual se presentaron casi todos los empleados de las tres tiendas que hasta ese momento había en la isla, un hombre alto con ojos tan claros como los que solo le había visto a la actriz Jennifer Connelly en la película *House of Sand and Fog* se le acercó a Carlos, después de que le hubiera servido un helado en una de las cinco tiendas portátiles que habían montado en el lobby del hotel, y le halagó su «forma». En un español perfecto, que no se comparaba ni con el de Lorelai la gringa ni con el de miss Debbie Clay, el americano le dio una palmada en la espalda y se lo dijo —qué buena forma—, al mismo tiempo que tomaba el vaso de cartón rojo de la heladería con la punta de sus dedos y lo hacía girar frente a sus ojos como si se tratara de una pelota firmada por Roberto Clemente. Así, con el vaso en la punta de los dedos, el americano caminó hacia una mujer mayor, que Carlos supuso era una de las jefas, y le mostró el helado, y ella aplaudió, rio y miró a Carlos para ofrecerle un *thumbs up*, a lo cual Carlos, sin pensarlo, respondió con una honestísima sonrisa. Sabía que le prestaba más atención que sus compañeros al procedimiento, a cómo agarrar las cucharas de metal gris de tal modo que el helado saliera sin mucho esfuerzo y para que la bola que se formara no tuviera pliegues, y así, cuando la colocara sobre la plancha fría y la rellenara con los ingredientes que deseaban los clientes, el helado los recibiera sin resistencia, como si ambas sustancias fueran una sola. Una vez unificadas, Carlos retomaba el helado reconstruido con un sigiloso movimiento de una cuchara que inmediatamente desbocaba en el vaso de cartón rojo o en la barquilla recién tostada en las premisas del local.

El halago lo había tomado por sorpresa no solo porque lo hizo percatarse del cuidado que le ponía a su trabajo, como bien le contaría esa noche a Carla María —fue durante esa misma estadía en el hotel que ocurrió lo que ocurrió entre ellos—, sino, además, porque por un brevísimo momento sintió que pertenecía, no a una compañía gringa que vendía franquicias internacionalmente y soñaba con destronar a Baskin Robbins, Häagen-Dazs, Coldstone Creamery, etcétera, sino a algo parecido a un gremio, a una asociación a la que se suscribían todos y cada uno de los heladeros del mundo, regidos todos por ordenanzas y estatutos especiales, por reglas repetidas solo en suspiros y técnicas abrigadas en secretos inaccesibles para terceros. En este gremio imaginario, aquel halago del hombre de los ojos azules era una promoción, una patente real que lo ascendía de rango en el escalafón de los heladeros, marcándolo tal vez no de maestro heladero, pero algo muy cercano a ello, tan cercano que tras la muerte del maestro heladero —en aquel gremio imaginario debía ser Raúl, el esposo de Lisa, la jefa, supuso Carlos, a pesar de que el individuo sabía muy poco del negocio como tal— él mismo podría fundar su propio taller-heladería. El halago caló porque hizo a Carlos desear que pudiera *dedicarse* a ser heladero. Lo hizo desear que aquello, de la nada, se transformara en un oficio, porque así hasta él mismo podría crear el Sindicato Nacional de Heladeros o el Sindicato Caribeño del Mantecado o algo por el estilo, aunque un sindicato no era un gremio ni era romántico. Lo que él deseaba era un oficio en el que no hubiera que utilizar dinero, un oficio en el que se pudiera vivir del intercambio y del favor y de la deuda personal; la deuda de los reyes, esa en la que uno presta servicio y presta servicio y presta servicio y solo años después cobra, porque, aunque el pago hace falta, uno puede sobrevivir a través de otros medios, por ejemplo, tal vez, comiendo helado o intercambiando helados por sándwiches con los sandwicheros, como lo hicieron alguna vez.

La mayoría de sus tíos y la primera generación de primos en la ruralía samaritana eran ebanistas y hacían muebles y camas y puertas y cuatros. Hasta mediados de los noventa les fue bien a casi todos, porque la gente mandaba a hacer muebles y camas y puertas y cuatros. Pero para cuando Carlos se les unió, en el 99, la cosa se había puesto mala, y habían expandido su campo de trabajo para incluir cualquier construcción a la cual los llamaran, con una excepción aquí y otra allá, en la que alguien les pedía que hicieran algo con madera, a lo cual uno u otro tío se dedicaba de inmediato, como si hubiera estado esperando ese momento, y, en cuestión de días, ahí estaba el mueble o la cama o el librero o lo que fuera y, como por ley natural, ahí estaba el polvo de madera lijada en cualquier coyuntura o pliegue en la piel.

La segunda generación de primos, sin embargo, trabajaba durante esos años en garajes de mecánicos, habiendo aprendido el oficio allí mismo. Pero eso, también, poco a poco fue cuesta abajo. Algunos se mudaron para Filadelfia, por donde vivían trabajando en quién sabe qué. Otros se dedicaron de lleno a la construcción, alternando entre San Lorenzo y las Islas Vírgenes, donde a veces había más negocio. Los dos más jóvenes, los dos más cercanos a Carlos en edad, eran quienes habían hecho pauta en la imaginación de Carlos, consiguiéndose los dos empleos a los cuales aspiraba hasta cierto punto. Uno trabajaba en el muelle bregando con las mercancías que llegaban y de las cuales, de vez en cuando, se llevaba una pieza a la casa. La gente que trabajaba allí vivía bien. Más que bien, de hecho. Entre todos los familiares, a este primo era al mejor que le iba. El segundo primo, por el otro lado, se inscribió en el ejército. Ambas opciones le parecían más que emocionantes a Carlos, pero conseguir puesto en el muelle era demasiado difícil y, cuando decidió entrar al ejército, dos años después de su primo, en 2001, dos aviones arremetieron contra las Torres Gemelas y no hizo más que empezar la invasión de Afganistán cuatro o cinco meses después y el primo resultó muerto, lo cual eliminó cualquier motivación bélica en el futuro heladero. Fue luego de la noticia de la muerte del primo que un día, tras salir del cine, caminó hacia el extremo del centro comercial y, allí, la inmensa pared de vidrio perfectamente limpio y perfectamente transparente y las paredes cubiertas en papel rojo y la vitrina, en el interior, que daba a donde descansaban las variedades de helados y las planchas frías donde los heladeros llevaban a cabo su labor y, sobre ellas, los jóvenes oficiantes, con sus delantales negros y sus polos negras y sus viseras negras y sus pantalones negros o color kaki: The Creamery where ice cream meets heaven. Unos cuantos meses después, el helado y el halago, y Carlos, por un momento, pensándose apto.

El mayor de sus tíos, tío Johnny, el primero en haber comenzado la tradición de la ebanistería en la familia, fue también el primero que le dio la espalda a la tradición agraria anterior de la familia, si es que es posible llamar a la necesidad así. Los relatos que el tío le contaba a Carlos sobre el ya fallecido abuelo fueron los antecedentes de las lecciones de historia de las clases de miss Debbie Clay, porque también presentaban un mundo que a Carlos le parecía al garete. Por ejemplo, el tío contaba cómo, una vez, el abuelo estaba desenterrando batatas, yucas, ñames y otras raíces en un lado del monte, mientras sus siete hijos varones lo observaban desde el otro lado de una quebrada cuando, repentinamente, comenzó un aguacero que en cuestión de minutos se hizo tormenta. La quebrada creció y creció hasta que un golpe de agua la volvió río torrencial e hizo a los niños correr en la dirección opuesta. A la vez que corrían, los siete niños lanzaban vistazos por encima de sus hombros y llamaban a su padre, quien quedó aislado y varado al otro lado. El padre no les prestó atención ni a los gritos ni a la lluvia. Ni tan siquiera se molestó en detener sus labores. Los niños, incluyendo al tío Johnny, que contaba la historia riéndose, intentando esconder lo poco de nostalgia y resentimiento que aún se le filtraba por entre las grietas, regresaron a la casa para refugiarse de la tormenta, donde su madre los esperaba en silencio. La señora siempre se sorprendía al verlos a todos regresar, como si esperara que un día alguno de ellos no lo hiciera. Del mismo modo, la mujer jamás notaba la ausencia del padre de familia. Ni preguntaba, decía el tío, y allí se tenían que quedar todos sin mencionarlo a veces hasta uno o dos días después, cuando escampaba, y salían corriendo al río, temiendo encontrar a su padre ahogado o temiendo no encontrarlo y punto, lo cual sería peor. Siempre, vez tras vez, lo encontraban recostado de algún árbol, esperando, con los sacos llenos y los pies descalzos. Pocas veces, el hombre reaccionaba a los llamados de sus siete hijos inmediatamente, pero cuando lo hacía, parecía como si le molestara descubrirlos allí a todos juntos y, sin excepción, les pedía a uno o dos que cruzaran la quebrada, aún crecida, con cuidado, para que lo ayudaran a cargar, como si nada hubiera sucedido, como si hubiera sabido de antemano que pasaría dos o tres días aislado en el monte debido a una tormenta, o como si fueran los momentos sin tormentas, durante los cuales casi siempre estaba borracho, los cuales realmente le quitaran el sueño.

Al contar esas anécdotas, una y otra vez, el tío siempre se enfocaba en la dedicación e industriosidad de su padre, dedicación que él personalmente nunca tuvo y ante cuya ausencia comenzó a ejercer como carpintero primero y, luego, como ebanista más de lleno. Escuchándolo, Carlos llegó a pensar que quizás él y el abuelo compartían algo así como un cierto temperamento.

—Hola, disculpa —dijo una clienta, estatura media, espejuelos, y nariz abultada.

—Ajá —respondió Carlos, despertándose.

—¿Sabes si están recibiendo resumés? —preguntó, y Carlos le sonrió y le dijo que le pasara el documento y lo metió en un cartapacio en el que los guardaban debajo de la caja registradora. La muchacha le preguntó que qué tan probable era que la llamaran pronto, para saber, y él le dijo que muy probable, sabiendo sin saberlo que pasara lo que pasara esa noche, a la mañana siguiente The Creamery necesitaría empleados.

Se lo dijo a la muchacha con una sonrisa y ella le agradeció, y se dio la vuelta, pero antes de salir, volvió y se disculpó, antes de preguntarle que qué tan posible era que la llamaran si ella no tenía experiencia previa, y si aún estaba en la escuela superior, aunque ya se graduaba el año siguiente. Antes de que él pudiera contestar, la muchacha siguió explicando: como la Bairoa III, que era la escuela pública a la que iba, estaría en construcción el semestre próximo, saldría todos los días a la una de la tarde, de modo que podría trabajar después de esa hora. Carlos le dijo que eso hasta quizás le serviría a su favor porque a Lisa, la jefa, le gustaba darle oportunidades a personas que jamás hubieran tenido trabajo antes, y diciéndolo se preguntó por qué lo hacía con tan buen ánimo, aunque rápido se dijo que para qué decirle lo contrario.

La muchacha le agradeció una vez más, dijo «súper bien», y le preguntó que cómo se llamaba, y él le respondió y preguntó cómo se llamaba ella, y ella le dijo que Nashalí, y él dijo que, por supuesto, porque aún tenía el cartapacio abierto frente a él con el resumé impreso en el mismo formato genérico de Microsoft Word que utilizaban los asesores de las escuelas porque era el más fácil. Como sintió que ella le prestaba más atención de la necesaria, le dijo que pondría el resumé de ella al frente, lo cual hizo. Incluso, añadió, haría que fuera el resumé que más llamara la atención. Para ello, sacó los cuatro resumés que estaban en el cartapacio, todos con nombres de hombres, y los echó al zafacón pequeño que tenía al lado. Nashalí se rio y le preguntó que de dónde era él. Él le dijo que de San Lorenzo y ella le dijo que qué casualidad, que tenía una tía que vivía ahí, aunque ella vivía en Caguax. Antes de que él reaccionara, la muchacha aclaró que iba a la Bairoa III utilizando la dirección de otra tía, que sí vivía en el barrio.

—Mala mía por preguntar —se disculpó Carlos—, pero ¿cuántos años tienes?

Ella le dijo que dieciséis, pero que cumplía los diecisiete en septiembre 14, y él le dijo que Juan Carlos, otro de los heladeros cumplía también ese día, y que debía ser un signo, y ella le dijo que los virgo tenían suerte, y que qué signo era él. Él le dijo que no sabía, pero que su cumpleaños era el 7 de enero, y que tenía veintitrés años, y ella le dijo que era capricornio, y que los capricornio tenían que tener cuidado porque se enamoraban rápido e igual de rápido podían salir heridos de las relaciones. Él se rio y sin titubear Nashalí le preguntó que si tenía novia, y él le dijo que no, pero sí tenía, aunque la veía solo cuando la tía con la que ella vivía lo permitía.

Cada dos semanas, a Carlos y a la novia les permitían salir juntos y se iban a donde la abuela de él y se metían en un cuarto y pasaban el rato juntos. La verdad era que Carlos quería dejarla, porque temía que saliera embarazada y, de repente, él se viera tragado por la misma garganta que había tragado a sus primos y primas, y esto le molestaba un poco o le molestaba desde que había conocido a Carla María y desde que había conocido a Marielys, que eran el tipo de muchachas que parecían no salir embarazadas antes de los veintidós como por pura voluntad, y por eso se atrevían a todo, y por eso también lo intimidaban un poco.

Nashalí le dijo que ella tampoco tenía novio y que tenía que ser una casualidad, porque decían que los virgo y capricornio se la llevaban más que bien, aunque realmente se acababa de inventar el dato, a la vez que se inclinó un poco por encima de la caja registradora, sonriéndole, y permitiendo que el escote se le deslizara un poco, a pesar de que no tenía mucho que enseñar. Carlos, siguiéndole la máquina, le dijo que, como era capricornio, tenía que protegerse para que no le rompieran el corazón, y ella le preguntó que cómo se protegía, y él le dijo que probando antes de zambullirse, lo cual la hizo sonrojarse y a él le causó una erección. Ella le iba a responder cuando entró una clienta. Carlos se disculpó un momento y fue a atenderla, y, antes de que tomara la orden, Nashalí se despidió y se llevó una mano a la oreja haciendo con sus dedos un teléfono, y luego apuntó a donde había dejado el resumé, diciéndole que allí estaba el número, y él asintió con una mueca, y la vio salir de la tienda. Una mujer mayor, que por el parecido solo podía ser la mamá, la recibió en las afueras y ambas caminaron fuera de la vista de Carlos, no sin que antes ella le lanzara una guiñada que hizo que Carlos le echara M&Ms normales al helado, a pesar de que la clienta le había pedido M&Ms de maní.

9

Siete años: la última vez que Carlos se vio involucrado en una pelea sin saber exactamente qué hacer hasta que tuvo que saberlo fue en el 98. La fecha le vino como un puño al estómago. De modo que no dio abasto para procesar la amenaza implícita en el empujón que le propinó Antonio al encontrarlo vaciando los zafacones de The Creamery en el basurero que estaba en la parte trasera del centro comercial. No pudo reaccionar en el momento porque, de improviso, se obligó a estar en tres lugares a la vez. El primero fue una orilla arenosa y apestosa del río Grande de Loíza, que quedaba a más o menos trescientos metros de su escuela superior en Espino, aquella tarde del lunes 2 de febrero de 1998. Allí, Carlos se levantó del áspero suelo tras el crujir de los nudillos de Alberto Díaz, que lo tumbó. Mirando al otrora contrincante, Carlos cerró sus dedos alrededor de una botella de vidrio verde que había sido el motivo real de su caída —no fue el golpe, tendría que insistirle luego a sus amigos, sino que el puño lo hizo trastabillarse y dar un paso hacia atrás, en el cual su pie izquierdo terminó encima de la botella y resbaló—. Objeto en mano, lanzó un barrecampo que culminó en una explosión y quebró, a la misma vez, la luz en media docena de sus colores constituyentes, como un prisma, y al cachete de Alberto en un amasijo de sangre y vidrio que Carlos no entendió como tal hasta que dio un paso hacia atrás, escapando del rayo de sol que había creado la ilusión óptica.

El segundo lugar en el que se encontró fue dentro de la heladería, diez minutos antes, mirando al reloj y percatándose de que ya eran las cinco de la tarde. El otro Carlos no había llegado y para aprovechar que la tienda se había vaciado, sacó las bolsas de basura de los zafacones del área comedor, escribió en un pequeño post-it que volvería en seguida y lo pegó a la puerta de vidrio principal, cerrándola con llave por un segundo. Con trabajo y sin mucho pensar, Carlos se echó las bolsas encima del hombro, como si fueran sacos de regalos, bajó los escalones, y bordeó el centro comercial en cuyo extremo occidental quedaba The Creamery where ice cream meets heaven. Entre las muchas cosas de las cuales no se percató, estaba el hecho de que cuatro tiendas más abajo Antonio el sandwichero había estado tomándose un *break* frente a Subwich y, al ver a Carlos, miró a su alrededor, se puso de pie y lo siguió.

El estacionamiento del centro comercial estaba particularmente vacío, lo cual era raro, y a Carlos el silencio, en vez de parecerle prólogo a algún peligro, le había dado algo de calma, una calma durante la cual pensaba en Noemí, la clienta de Carla María. Para él, a diferencia de su tocaya heladera, aquella mujer representaba un tipo de obstáculo, aunque nunca lo había puesto en palabras —no por falta de intentos, por supuesto—. Lo de obstáculo quizá fuera una exageración, se dijo rápido, pero la verdad era que no sabía cómo pensarla y eso lo incomodaba. Quizá la mejor forma en la que intentó explicárselo a Carla María, que, por consecuencia, fue como explicárselo a sí mismo, fue diciendo que Noemí se le presentaba como un problema matemático por resolver. Con la excepción de que, a pesar de ser capaz de identificar la ecuación, realmente no tenía el lenguaje para saber qué era qué en la fórmula. Carla María le dijo que estaba al garete, que Noemí era lo que era y no quería ser más ni menos, y eso era lo que la hacía tan buena persona, tan humilde. Carlos meneó la cabeza como diciendo que no, aunque al mismo tiempo le dio la razón a Carla María. No era que quisiera decir que Noemí fuera un problema en sí misma, aclaró, sino que era un problema para él y ese problema tenía que ver con lo de no trabajar. Bueno, no solo con que no trabajara, porque en San Lorenzo él conocía a muchas personas que no trabajaban simplemente porque no lo hacían —personas de todas las edades y todos los géneros, desde veteranos de la primera guerra de Irak hasta amigas desorientadas—. Era el modo en el que ella *no* trabajaba lo que lo intrigaba o confundía. Era el hecho de que había dejado de *hacer*, aunque eso tampoco era muy claro.

El tercer lugar en el que se encontró tras el empujón fue frente al basurero como tal. Carlos lanzó las bolsas de basura a los grandes contenedores de hierro, se dio la vuelta y se tropezó, de frente, con Antonio. Era más alto de lo que lo recordaba. Donde terminaba su quijada y empezaba su cuello tenía unas palabras tatuadas, en cursivas, que Carlos fue incapaz de leer porque se desperdigaban hacia el interior de la camisa verde del uniforme de Subwich. Su piel era un poco más clara que la de Carlos, pero tenía pecas. Eso le sorprendió. Aunque le sorprendió más el hecho de que la mano izquierda del sandwichero, vista en cámara lenta, grande, abierta, se desembuchó contra el hombro de Carlos. Solo cuando se sintió reventándose contra el hierro del basurero fue que se dio cuenta que lo habían empujado.

—¿Qué carajos fue aquella mierda, mano? —le escupió Antonio, a la vez que recogió su brazo, como para repetir el movimiento. No fue una pregunta, aunque Carlos sí intentó responderla, solo para ser interrumpido por otro empujón, este más cercano a un golpe—. ¿Ah? ¿Cuál es la pendejá? —insistió Antonio, manteniendo el tono controlado, como para que no lo escucharan.

—Ustedes… —llegó a decir Carlos y un primer golpe lo hizo trastabillar, como en aquella otra pelea, pero cuando se percató de ello y se dijo «estoy en una pelea» fue demasiado tarde, porque un segundo puño ya lo había doblegado, haciéndolo exhalar e inhalar al mismo tiempo. Dolió. Dolió muchísimo. Pero dolieron más los siguientes, que lo hicieron sentir su hígado por primera vez. El tercer o cuarto puño lo tumbó de rodillas y, en el mismo momento, Carlos elevó la mirada y vio a Antonio lanzándole un escupitajo que le pegó entre las cejas. Acto seguido, el sandwichero dio un paso hacia atrás, elevó una bota, y cogió impulso para una patada cuyo único destino final podía ser la cara de Carlos.

Estaba a punto de que lo hicieran mierda, se dijo.

El heladero miró a su alrededor. De los bordes del basurero goteaba una sustancia marrón que apestaba. Una mezcla de helados derritiéndose y comida pudriéndose. El cielo estaba nublado. Carlos volvió a decirse que estaba en una pelea, como si afirmarlo fuera el primer paso para defenderse.

Siete años atrás, una ambulancia había llegado de la nada, para recoger a Alberto. ¿Tendría él la misma suerte?

Entonces, la explosión. El sonido de vidrio quebrándose.

Sucedió allí, en aquel lugar, frente al basurero, pero le tomó a Carlos unos segundos darse cuenta de ello; unos segundos en entender que no estaba mezclando tiempos, que, a tres pies de donde él estaba, detrás del centro comercial, sí explotó una botella.

Carlos miró a su agresor, pero este se había dado la vuelta. Miraba a Carlos. No a él. Al otro

Carlos, que había salido de la nada y que había recogido la botella del suelo y la había lanzado, para detener a Antonio. Tenía otra en la mano.

—Coge pa'l carajo, huelebicho —dijo el otro Carlos, y aunque le tembló la voz, la botella elevada hizo que Antonio levantara las manos, como encañonado.

—Cuidado, papito —dijo el sandwichero— vas y cortas a tu novia aquí.

—Coge pa'l carajo, mano —repitió Carlos—, nosotros no hemos hecho nada.

—Se van a joder —dijo Antonio y escupió, aunque esta vez se limitó al suelo—. Se van a joder bien cabrón —repitió, estirando las sílabas, y le dio la espalda a los Cárloses, caminando en dirección de las dos tiendas. Antes de subir las escaleras, los miró otra vez, repitió la amenaza, y añadió—: Yo que ustedes cojo miedo, mucho miedo, porque va y les pasa algo por la noche.

10

Después de dejar a la nena en el cuido, Carla María pasó por casa de su mamá. Adamaris y Kiara, sus hermanas, estaban de visita y la obligaron a quedarse un rato. Intentó escabullirse, diciendo que tenía cosas que hacer, pero sus insistencias la vencieron. Ante sus preguntas, les mintió explicándoles que no fue a trabajar porque tenía una cita médica y, porque se preocuparon por su salud, terminó diciéndoles la verdad: que iría a encontrarse con uno de los viejos amigos de The Creamery where ice cream meets heaven. Las hermanas se alegraron, porque les gustaba que ella saliera, pero no preguntaron quién, porque nunca llegaron a conocerlos, y porque, realmente, a ninguna nunca le importó muchísimo su corillo de la tienda. De ellas, solo fue Adamaris quien frecuentó la heladería durante aquella época. En alguna ocasión, conoció a Lisa, la jefa y, desde entonces, sentenció que era una sangrigorda y su opinión se había esparcido por toda la residencia Rosado Rojas hasta que se hizo también la de su mamá y la de Kiara. La mención de la tienda llevó a una a preguntar por la antigua jefa y Carla María tiró de sus hombros, diciendo que no la había visto desde que renunció.

Por alguna razón, Carla María recordó una conversación que tuvo con Zulmita, cuando aún estaban en la etapa en la que intentaban «quitarle lo de talismán» a aquel 22 de julio, como solía decir la psicóloga. Carla María no sabía de qué hablaba exactamente, pero sí que Zulmita la interrumpió y le preguntó que si se había puesto a pensar que, a pesar de que aquel día fue uno de los más importantes en su vida, a duras penas participó de él, ya que solo trabajó sus horas de la mañana, y sí, era cierto que se quedó allí, que visitó la tienda a través del día, pero que hasta que dio la noche y, finalmente, se unió a los otros heladeros, realmente no estuvo en la tienda. La respuesta de ella fue que no, que no había pensado en eso, pero se tardó en pronunciarlo. La psicóloga tenía la razón. Con excepción de lo que le habían contado los Cárloses y María C., Carla María realmente no tenía ni idea de qué había pasado en sus turnos, de quiénes habían ido a comprar helado, de qué habían hablado entre ellos o qué hicieron para matar el tiempo. Quiso decirse que no importaba, y quizás le dijo eso a Zulmita, pero súbitamente dudó de sí y de los otros heladeros, y dudó de lo que pensó sucedió aquel viernes. Le preocupó considerar que quizás había malinterpretado todo. Era cierto que no estuvo allí y también era cierto que pasó horas fuera de la tienda, que quizás no tenía ni idea de qué forma tomaron los minutos al desplegarse por encima de las mesas emplegostadas de The Creamery where ice cream meets heaven, pero sí sabía de la firmeza de sus intenciones, de la seriedad de la decisión, de la pulsión que los puso en acción una vez que el reloj marcó las once y ocho de la noche, por más repentina, por más azarosa, por más contingente que haya sido.

—Nena, despierta —dijo Kiara y le chasqueó los dedos en la cara a Carla María.

—Ni cinco minutos puedes dedicarnos a tus pobres hermanitas —le siguió Adamaris y la pellizcó.

—Ya, ya —les respondió, huyéndoles—, ¿qué pasó?

—Olvídalo —dijo Kiara.

—No, que no lo olvide —dijo Adamaris—, te preguntaba si me podías cuidar al nene el fin de semana que viene, pero ya tu santa hermana se ofreció.

—Puedo —respondió Carla María, sin muchas ganas.

—Uy, te creo.

—No, de verdad —dijo Carla María—, te lo cuido. Creo que a la nena le gustaría verlo. A mí también, claro.

—Bueno, las dejo a ustedes que se lo peleen —dijo Adamaris.

—Que decida Kiara y me envíe un texto —dijo Carla María, se puso de pie, las besó a todas, les dijo que se reunieran pronto y salió de la casa. Todavía tenía tiempo que perder, antes de encontrarse con Carlos, pero preferiría salir ya, no solo para evitar el tráfico, sino también a sus hermanas. El encuentro comenzaba a darle ansiedad y quería mantenerse bajo control, enfocada. Si llegaba temprano, entraría al centro comercial y compraría unas cuantas cosas para cuando la nena volviera a la escuela en agosto. Mientras tanto pensaría, repasaría lo que quería hacer, lo que quería decirle a Carlos.

II

El pequeño pasillo que también servía de área de descanso y de oficina podía llegar a sentirse amplio, extremadamente amplio. Esa elasticidad tenía algo de bondadosa en momentos como aquel. Hundido en la silla reclinable y ergonómica de cuero de Lisa, la jefa, en la que no se suponía se sentaran, pero en la que todo el mundo parecía posarse día tras día, *break* tras *break*, Carlos intentaba recomponerse después del encontronazo, a la vez que se decía que aquel lugar estaba bien, que sí, que estaba bien, y que el año y medio que le había metido a The Creamery where ice cream meets heaven cabía allí, en aquel pasillo, como bien podrían caber otros años más. ¿Y qué se perdería si así fuera? ¿Qué se perdería, de verdad, si llamáramos al pan, pan y al vino, vino? Cabían allí todos los años y todas las horas. Los suyos y los del otro Carlos. Los de Carla María y los de Juan Carlos, María C., y Maricarmen. También los de Lisa, la jefa, y los de su esposo Raúl, y los de sus dos hijas, y los de Nashalí, si así lo quisiera. Si no allí, cualquier otro. ¿Para qué darse tanto puesto?

¿Para qué darle tanta cabeza? Y, de una vez, ¿para qué hacerle caso a Carla María? ¿Para qué, de verdad, tomarla en serio, para qué otorgarle tanta importancia a las friísimas yemas de aquellos dedos tan suaves que, horas antes, le tocaron el codo y lo hicieron darse la vuelta? La halló con una seriedad que le quedaba grande hasta a ella. Casi de inmediato, con los dedos tibiándoseles a una velocidad inusitada, como si el codo de Carlos fuera candela pura, ella le dijo que tenían que hacerlo. Así, al principio, sin mucho más. Debió de haber estado tan nerviosa como él ahora. Tenían que hacerlo, dijo, porque no podían seguir allí. Él le preguntó que de qué hablaba. Pero entendió de inmediato porque le pareció que había algo de verdad en aquel enunciado tan simple, algo cercano a un tipo de verdad que, años después, no pudo pensar de otro modo que no fuera llamándole *salvaje*. No había forma de refutar aquello —tenían que hacerlo porque no podían seguir allí—, y él le dijo que estaba bien. Se lo dijo a ella y a sí mismo, interrumpiéndola, porque ella ya le detallaba los planes del asalto, aunque llamarle *planes* quizá fuera demasiado; quizá podían llamarle *acciones*, porque hundido en el asiento de Lisa, la jefa, y con un ardor que no quería abandonarle el área abdominal, Carlos pensaba que el idioma se le había comenzado a resquebrajar, que se le fugaba la consistencia de la palabra, y que apenas era capaz de articular carcasas hechas de sílabas que, una vez liberadas, retumbaron por aquel largo pasillo que culminaba en la apertura hacia la tienda tal cual, y desde allí Carlos veía al otro Carlos, atendiendo a una señora mayor por encima del mostrador y apuntando con su dedo índice a la pared de información que colgaba encima de ellos y en la que se detallaban los precios y los tamaños, y las combinaciones más pedidas, y sonreía al hacerlo, y, seguramente, le decía algo simpático, porque ese Carlos, a diferencia de este, parecía pensar la tienda y todo lo que en ella sucedía solo como una etapa, como una escala en un largo viaje que, en teoría, habría de dar con un destino mejor. La pregunta vendría a ser si ese Carlos se les uniría, aunque este Carlos no tenía claro si Carla María quería que fuera una cosa entre ellos dos, porque no lo mencionó. Pero lo dudaba. Cuando ella dijo que tenían que hacerlo porque no podían seguir allí, había implicado a todos. Le tocaba a Carlos hablarle a Carlos, simplemente decírselo, ¿no?, nada de vendérselo como una oportunidad, ni como un negocio del cual usufructuaría. No. Simplemente decírselo y ver, y si la afirmación llegaba, bien. Pero y si no, ¿y si no, qué? ¿Y si se lo decía y el otro Carlos se negaba, y decidía detenerlos? Bien podría hacerlo de algún modo, ya fuera informándole a Lisa y a Raúl, o informándole a la policía, y seguramente había alguna ley que podría calificar aquello de conspiración o algún tipo de categoría que los mandaría directitos a la cárcel.

Ya de por sí el Carlos del mostrador estaba con los nervios de punta. Tan pronto regresó a la tienda, comenzó a sudar como una bestia y este otro Carlos lo notó. Sabía que su tocayo temía que Antonio realmente hubiera dicho la verdad, como parecía que había hecho. La amenaza lo asediaba. Lo preocupaba. Este Carlos no dudaba que el otro creyera que todo aquello terminaría mal. No había de otra. Conociéndolo, sabía que si fuera a preguntarle, le diría que las cosas no se deshilvanarían así porque sí. Que habría un desenlace. Uno duro. Y en ese desenlace la discrepancia de fuerza entre los Cárloses y Antonio sí vendría al caso. Vendría fuerte. Y uno de ellos dos terminaría al fondo del caño, aunque ya en este momento los dos se hallaran allí, interpretando de modo distinto la situación e imaginándose sus respectivos turnos de manera diferente.

Quizás se equivocaba, se dijo el Carlos de la silla ergonómica, al pensar que el Carlos del mostrador no se les uniría. Tendría que preguntarle. Solo así sabría.

Si no él, Mario. Podría jurar que este último, que llegaría al rato, los apoyaría. Mario, entre todos ellos, era el más al garete. O, quizás, era el único.

A Carla María le gustaba decir que ese algaretismo explicaba a Mario. Carlos pensaba que tenía razón. Si tuviera que testificar al respecto, presentaría como evidencia los raros momentos en los que hablaban de política, cuando, después de cerrar la tienda, se sentaban en el estacionamiento a beberse unas cervezas. Mientras que los demás bromeaban llevándose la contraria los unos a los otros utilizando los argumentos que suelen repetirse respecto a la cuestión del estatus político del país —más como para seguir la conversación que para conversar, porque la verdad era que a ni a los Cárloses ni a Carla María ni a Maricarmen o a María C., les importaba muchísimo la política—, Mario saltaba a sus pies, levantaba la voz, y se alteraba. Sin importar que en ese momento apoyara la independencia o la estadidad, lo llevaba al extremo. De un momento a otro, comenzaba a desvariar sobre guerras revolucionarias e independentistas y de coyunturas de armas a tomar y de cómo se complicaría la violencia de un día al otro, y de cómo, cuando llegara tal guerra, la mejor opción sería armarse, montar una milicia y declararle la guerra a todos, no solo por el mero acto de joder —aunque todos estaban convencidos de que eso era lo que realmente lo motivaba— sino para, de una vez por todas, matar a todos los que pelearan en la batalla en nombre de políticos, y una vez que todos estuvieran muertos, ver si salía algo bueno de «aquella, la puta tierra que nos parió a todos».

Alguien siempre solía interrumpirlo y preguntarle qué proponía, una vez que hubiera hecho y deshecho a punta de cañón, y, en ese momento, Mario tiraba de sus hombros y decía «pues... montar algo que funcione». Ante tal respuesta todos lo mandaban a la mierda, o hacían un chiste de que había sido esa actitud la que lo había condenado a la liga doble A del beisbol nacional a pesar de que, en más de una ocasión, un *scout* gringo se lo había llevado para entrenar con un equipo de las grandes.

En otras ocasiones, cuando todos esperaban que se pusiera de pie y declarara la guerra contra el mundo, Mario los sorprendía diciendo que lo mejor era que, de una vez por todas, los United States of America tomaran la decisión y absorbieran la isla, cuestión de que la movida resultara en deshacerse de los «tres putos partidos» y en la llegada de un montón de velagüiras que, en cuestión de uno o dos cuatrienios, se montarían como la nueva clase política del país. Mejor esos que aquellos, decía, porque aquellos llevaban más de cien años apretándole la ubre a una vaca seca. Más saludable, decía, es pasar la batuta y así, en dos o tres generaciones, cuando nuestros biznietos, se hablará la misma cantidad de español que se hablan en las comunidades nuyoricans en Nueva York y en Chicago y en los barrios mexicanos de Los Ángeles. Y mejor, decía, poco a poco nos desharíamos en unas cuantas comunidades. Y mejor, así la gente que aquí ya prefiere el inglés —y en ese momento miraba a Carla María y miraba al otro Carlos— puede hablar inglés, y los que prefieren el español pueden hablar español, y los que no tienen opción pueden seguir sin opción, y ya, así terminamos con el *show*, y podemos buscarnos otro follón. En esos momentos, todos aplaudían dramáticamente o hacían un chiste, abrían otra cerveza y seguían al próximo tema, o se quedaban callados, por uno o dos minutos, y luego se entregaban a una pavera que les estrujaba los estómagos y pulmones, pero que los dejaba sintiéndose bien, y mirando cómo las luces del centro comercial comenzaban a parpadear, apagándose una después de la otra, con excepción de la de los muchachos de Tabasco's y de Pacino's Maccaronni & Oven, que casi siempre terminaban saliendo a eso de las dos o tres de la mañana.

12

Mientras atendía a una señora con pinta de tía, el otro Carlos se decía que, a pesar de que sus compañeros resaltaran a los buenos clientes e insistieran en que estos eran la mayoría —que si las monjas, Noemí o Lorelai la gringa o Marielys la novia de Juan Carlos (si es que seguían juntos) o Enrique el camionero o los vecinos de Juan Carlos o el gerente de los bigotes colorados (que estaba en el cine con Carla María y que solo ella sabía que se llamaba Esteban)—, la verdad era que lo eran solo si uno reconocía como clientes nada más a aquellos ante los cuales se apaga el piloto automático, ya sea por sus personalidades, por algún capricho extraño o simplemente porque son de esa extraña tribu que siente la necesidad de hablar con alguno de los heladeros, motivados por modales pudorosos o pura pasión. A pesar de que este Carlos jamás negaría que esos cuantos clientes sí eran excepcionales y que también le daban a uno algo *to look forward to*, tampoco podría negar que prefería a los otros. Por ejemplo, a la señora que, en ese momento, le puso en la mano los catorce dólares con setenta y cinco centavos que costaba el bucket de strawberry shortcake con whip cream. Los prefería por la misma razón que, al salir del cine de ver la última película de Batman el día antes, este Carlos no pudo parar de preocuparse por los ciudadanos de Ciudad Gótica que fueron afectados por la droga de alucinaciones que el doctor Jonathan Crane, el Espantapájaros, confesó haber depositado en los acueductos y bancos de agua de la ciudad. En la película, tanto Batman como su amante del momento y otros cuantos personajes caían víctimas del narcótico, pero salían finalmente ilesos tras beberse el antídoto preparado en la Baticueva. Es cierto que al final se mencionó, de pasada, que Batman entregó frascos de la cura tanto al futuro comisionado Gordon como a las farmacéuticas, para que lo produjeran en masa y lo distribuyeran. Sin embargo, aun así, este Carlos no pudo parar de pensar en los estragos que causó la droga entre los millares de personas que, más que Bruno Díaz y sus allegados, dependían de los sistemas de agua pública. Además, tampoco podía parar de cuestionar la decisión del enmascarado de darles la droga a las farmacéuticas. ¿Y qué si decidían cobrar por la cura? Aun si fuera gratis, la distribución de la misma no sería una cuestión fácil, y menos en un lugar tan jodido como Ciudad Gótica. Gran parte de la gente sufriría quién sabe por cuánto rato de terribles alucinaciones mientras los personajes extraordinarios salían frente a las cámaras, sanitos y contentos.

La noche anterior, Stephanie, a quien conocía de la universidad y con quien salía, le dijo que era un exagerado, y él se había callado, porque las pocas veces que ella le llevaba la contraria respecto a cosas así, ella solía ganar. Pero se le había quedado la espinita, y allí estaba, justificándose a sí mismo e intentando conectar el asunto con el día a día de la tienda, porque ¿por qué no?

Hasta cierto punto, Carlos intentaba distraerse del hecho de que cada vez que levantaba la mirada juraba ver a Antonio cruzar frente a la tienda. Sin embargo, siempre que la figura en uniforme verde y negro pasaba de un lado a otro, el heladero tenía que ajustarse sus espejuelos para notar que era otro de los muchachos de Subwich el que pasaba, uno bajito y gordo y calvo que no era menos intimidante que Antonio, pero que sí era más amigable. O, por lo menos, lo había sido en las dos ocasiones en las que había tendido conversación con este Carlos al ordenar. En una de aquellas, recordaba Carlos, este otro sandwichero había venido acompañado de su hija, una niña de aproximadamente once años a la que parecía no conocer muy bien, y el sandwichero intentó sorprenderlos a los dos, a su progenie y al heladero, comentándoles que era increíble pensar que tanto Alejandro el Grande como el Rey Salomón habían comido helados en sus respectivas épocas. Ante una mirada inquisitiva de la niña, el sandwichero comentó que lo había escuchado en la radio y Carlos mostró interés y sorpresa, aunque solo para colaborar con su interlocutor, a quien apenas le cobró cincuenta centavos por dos helados pequeños, según establecía el trato entre los empleados de las tiendas que todavía estaba vigente en ese momento. No era que aquella escena pasada eliminara la amenaza que representaba ese otro sandwichero en tanto sandwichero, con aquel tatuaje inmenso de letras japonesas en la palma de su mano, porque eso era casi imposible, pero sí lograba amortiguarla un poquito, por lo menos dotándolo de una historia personal que no tenía nada que ver con las que los sandwicheros compartían las pocas veces que se habían unido a las sesiones de cervezas en el estacionamiento.

En esas ocasiones, los sandwicheros hablaban sobre Fulano de Tal y Mengano de Cual y cómo se habían enterado en la barbería de que al primero «se lo había llevado Pateco», y al otro le habían caído a golpes saliendo del cine una noche, dizque por salir con una supuesta exnovia de alguien que parecía estar preso desde quién sabe cuándo. Eso, o contaban de equis o ye situación en las que equis o ye maleante los había corrido, y ellos habían tenido que recurrir al ingenio y los cojones para salirse del aprieto. A todo esto, los heladeros reían o asentían o les hacían preguntas o, a veces, hasta exageraban alguna anécdota de registro similar, pero que en el momento de enunciación sonaba falsa. Entre los sandwicheros, las anécdotas de los heladeros siempre sonaban infantiles, sananas. Con excepción de las de Mario, claro está, pero Mario era el que menos les hacía caso a los sandwicheros; lo cual hacía que fuera a quien los sandwicheros más le hacían caso.

Quizás, se le ocurrió a Carlos en ese momento, era precisamente por esa razón que Antonio había aparecido allí esa tarde a joder con el otro Carlos y no con Mario, que había estado en turno hacía unos días —a Carlos podía asustarlo, y a Carlos podía hacerlo arrepentirse, y esto quizás le haría más daño a Mario que unos cuantos golpes—. Entre todos los heladeros, Mario era el más duro y, también, entre todos ellos, era el que más experiencia callejera tenía. Claro, que fuera un poquito desequilibrado no quería decir que dejara de ser un heladero, ni que se acercara al mundo del que provenían casi todos los sandwicheros —ni de cerca—. Pero sí significaba que los empleados de la tienda de al lado, al igual que los de The Creamery, reconocían algo en él, algo que no en el otro Carlos y mucho menos en este, que jamás se hubiera imaginado involucrándose en un conflicto tan pendejo como aquel, pero ¿qué otra opción tuvo? Esa tarde no hizo más que bajarse del carro y vio al otro Carlos acorralado por Antonio, y sí, es cierto, lo primero que le pasó por la cabeza no fue «ayúdalo», no porque no fuera un tipo altruista, porque algo de ello tenía, ni tampoco porque fuera un cobarde, porque tampoco lo era, sino porque, en ese instante, se preguntó si el otro Carlos lo hubiera hecho por él, y, como consecuencia, si Mario o Carla María o María C. lo habrían socorrido en una situación similar, y, aunque la respuesta quizá fuera afirmativa, en ese momento se le ocurrió por primera vez que él era radicalmente diferente a todos ellos; radicalmente diferente no en circunstancias, porque todos ellos eran más o menos iguales en eso, sino en términos de cariz, en términos de cómo se relacionaba con todo, porque instantáneamente llegó a la conclusión de que todos sus demás compañeros de oficio no pensaban en un después de The Creamery, y no porque hubieran decidido dedicarse al helado por algún amor milagroso a la sustancia, sino porque simplemente no lo hacían, y, a pesar de esa falta de ganas, cuando esto había surgido en conversaciones pasadas, cuando se había tocado el tema directamente, pataleaban y se quejaban y decían querer echarlo todo abajo, a la vez que se los tripiaban a él y a Juan Carlos, como si querer vivir una vida llena de pasiones felices fuera algo que hay que explicar, como si él fuera un pájaro raro, cuando la verdad era que todos ellos eran los raros, que la mayoría del mundo quería vivir una vida de seguridad y comodidad, y sí, a veces se percataba de lo limitado de las opciones, de lo frustrante y asfixiante de todo, pero no es lo mismo estar feliz sabiendo hasta dónde dan las cadenas, que saberse irremediablemente encadenado y aun insistir en pelear contra ellas, como decía aquel poeta puertorriqueño angustiado que leyeron en una de sus clases; nada más la idea de esto último lo agobiaba, y con ese agobio entre las cejas fue que, tras permitirle a Antonio conectar un golpe al estómago del otro Carlos, se acercó corriendo y tomó la primera botella de vidrio que encontró en el suelo y la lanzó. Justo cuando el cuello de vidrio verde se desconectó de sus dedos, Carlos supo que había cometido un error —no el ayudar al otro Carlos, de eso no se arrepentiría, por supuesto, pero sí se arrepentiría, por mucho tiempo, de involucrarse con alguien como Antonio, que era el tipo de persona a quien había pasado su vida evitando.

—Se van a joder —la amenaza aún le retumbaba entre las cejas. Miró hacia el pasillo-área de oficina y vio al otro Carlos aún tirado en la silla ergonómica de Lisa, la jefa, y deseó que se pusiera de pie y viniera a ayudarlo, porque ya llevaba rato allí, y necesitaba que su tocayo hiciera algo, aunque fuera que llevara a cabo las tareas que le tocaban en tanto heladero. Por ejemplo, ir al área de los clientes a limpiar las mesas o pasarle un paño al vidrio, o, quizás, hasta asegurarse de que los baños estuvieran limpios, especialmente considerando que eran ya las cinco y treinta y que, si por alguna razón no había comenzado el *rush* —la locura que semana tras semanas comenzaba a esa hora, cuando las oficinas y las escuelas y las fábricas y los bancos y las oficinas del gobierno y de doctores y dentistas y oftalmólogos y todo tipo de médico expulsaban de sus interiores a cientos de miles de seres humanos que no hacían más que dar con el estacionamiento donde tenían sus carros y mudaban de piel, y se transformaban en otras personas, esas que serían hasta el siguiente domingo en la noche, y una vez transformadas gran parte de ellas, especialmente en las cercanías cagüeñas, decidían de inmediato que la mejor forma de bautizar esas nuevas personalidades de fin de semana era yendo a The Creamery where ice cream meets heaven, ya fuera solos, o con sus novios y novias y esposos y esposas, o madres y padres, o hijos e hijas, o amigos y amigas, o vecinos, o con compañeros de trabajo a los que realmente no conocían tanto, y allí ordenaban un helado del que se arrepentirían quizás uno o dos días después, aunque Carlos siempre les decía, cuando se lo comentaban los clientes, porque lo comentaban, que para qué era la vida sino para hacer «desarreglos» o, en otras ocasiones, que la vida era demasiado corta como para privarse de lo que nos gusta, y los que no iban a primera hora, vendrían después, luego de ir a sus casas y bañarse y vestirse y llevar a comer a sus cercanos o después de ir al cine; no era que importara si venían antes o después, porque semana tras semana una ola sobretomaba la otra y la otra, y, a veces, cuando iban a cerrar, a las doce y media de la noche, mucho después de que el cine había expulsado su última tanda y que los restaurantes en los alrededores hubieran cerrado, aun persistía una fila de clientes, a veces que daba hasta la puerta, a veces tan larga que los clientes esperaban al otro lado, afuera, y si los heladeros intentaban disculparse con los últimos en la fila, diciéndoles que era hora de cerrar, estos pataleaban y se quejaban y golpeaban el vidrio, y los heladeros no podían hacer más que esperar a terminar con ellos antes de irse, aun si sabían que tendrían que trabajar una hora adicional que la jefa no pagaría, por lo que al cerrar ya estaban demasiado cansados, demasiado agotados para hacer otra cosa que no fuera limpiar e irse a sus casas o limpiar y sentarse en los bonetes de los carros en el estacionamiento, con una neverita llena de hielo y unas cuantas cervezas y simplemente darle fin a la noche allí.

La mejor forma de enfrentar el *rush*, y esto Carlos lo sabía por experiencia, era activarse desde un principio, era no dar tregua, *keep on top of it*, como se dice en inglés. No permitir que la fila se formara ni que las mesas se ensuciaran, ni que las bandejas de helados se vaciaran. Pero para eso necesitaba que el otro Carlos se encendiera, que el otro Carlos se pusiera de pie y, sin preguntar, fuera directito a lo que había que hacer, como si le viniera como por segunda naturaleza, como si fuera la única opción lógica, aun si la tienda continuaba como lo estaba en ese momento: tremendamente vacía, extrañamente vacía, anacrónicamente vacía —más aún si se consideraba la hora y el día.

Percatándose de la irregularidad, este Carlos lanzó su mirada por encima del mostrador, por encima de las sillas y mesas y los anuncios de los nuevos helados que llegarían en agosto, a través del vidrio, por entre las verjas de pintura negra que se descascaraban, tras los primeros carros estacionados y más allá de los arbolitos que sembraban en islitas entre la planicie asfáltica del estacionamiento, y se comentó que aquello no era normal. El estacionamiento no estaba técnicamente despoblado —de hecho, estaba lleno—, pero estaba lleno a un nivel recatado: todos y cada uno de los espacios estaban ocupados y ya. No había personas en sus vehículos esperando que salieran las demás, no veía personas llegando ni personas saliendo. Era como si hubiera una cuota en la cantidad de personas permitidas en aquel pedazo del centro comercial y a nadie le molestara en lo más mínimo y cedieran a la misma y hasta se alegraran de la libertad ofrecida por la regulación.

Algo rondaba mal, se dijo, por más de que al mismo tiempo se insistiera en que quizás exageraba, que tal vez estaba haciendo de poco, demasiado. Pero, ¿y qué si no? ¿Y qué si la cosa seguía como iba, y qué si se le sumaba el Antonio? A pesar de no estar cruzando de un lado a otro frente a la tienda, el sandwichero estaba cerca, demasiado cerca, cuestión de dos paredes más allá y con él la amenaza —«se van a joder»— y con la amenaza la posibilidad de su cumplimiento, y con esta el peligro del daño, de un daño que podía ser tan trivial como tan drástico, de un daño que amenazaba la seguridad misma en la que Carlos se había refugiado desde salir de la escuela superior cinco años atrás, la seguridad por la cual, en los veranos —con excepción de aquel—, había tenido dos trabajos, de los cuales había ahorrado la mayoría y solo gastado el mínimo necesario para sobrevivir en un estado de casi total hibernación. Un estado en el que todavía seguía a grandes rasgos, con algunas excepciones, entre las cuales se hallaba el haber conocido a Stephanie a principios de marzo, en la universidad, cuando cumplía con el último requisito de educación general que le faltaba y que había ignorado por los pasados cuatro años y el cual luego sería interrumpido por una huelga estudiantil el mes siguiente —una clase de literatura en la que la profesora asignó una serie de lecturas que tenían muy poco en común, y para la cual solo leyó el resumen del primer libro asignado, de Hesíodo, y unas escenas de una novela rusa en la que unos hombres cortaban grama por cinco o seis páginas—. Aunque quizá sería más claro decir que la excepción había comenzado con haberla conocido, pero que se había instituido realmente al haber hablado con ella después de clase todos los martes y jueves en los que la tuvieron, sin nunca discutir cosa que no fuera el material asignado, que él no había leído, pero que a ella parecía interesarle muchísimo, hasta que casi acercándose el principio de abril y de la huelga, él la interrumpió, y le preguntó si quería ir a beberse una cerveza, a lo que ella respondió que eran las once de la mañana, y él tiró de los hombros, no solo porque debió haberla invitado a otra cosa, sino también porque no bebía cerveza, pero ella dijo que sí, y los dos salieron, y se fueron a una de las barritas que están en avenida Universidad y en las que a esa hora solo se encuentran viejos estudiantes, viejos izquierdistas, viejos poetas, uno que otro borracho de la noche anterior y los dominicanos que la corren, y ordenaron una cerveza, y luego otra, y otra, y hablaron todo el rato, aunque él hoy no podría decir de qué. A todo esto, él no pudo dejar de mirarla y verse al final de su vida, enlutado, tras haberla perdido debido a alguna larga y tediosa enfermedad, sentado al borde de la cama, llorando o ya cansado de llorar —una imagen que hasta a él le pareció tan extraña en ese momento que quiso reemplazarla con una más apropiada, imaginándosela desnuda o poniéndose de pie para recoger su ropa en una esquina del cuarto en el momento exacto en el que un rayo de sol entra por el resquicio de una de las persianas cerradas y alumbra un pequeño triángulo contra su pecho.

Sí, Carlos llevaba en un estado de casi total hibernación en el que Stephanie fue una excepción, y esa excepción se expandió aún más aquella misma tarde cuando ella lo tomó de la mano y lo llevó a su apartamento en Santa Rita, donde prosiguieron a besarse, a besarse como él nunca había besado a nadie —lo cual no era muy difícil porque solo había besado a la única novia anterior que había tenido, cuatro años antes, y eso después de la escuela, y nunca en un mueble, nunca con la libertad para que ella se le trepara encima y lo apresara entre sus rodillas, y decidiera cuándo parar y cuándo seguir.

—Se van a joder —la amenaza ponía en jaque todo esto y lo que aún no ocurría, que sería precisamente lo que la primavera a una hibernación, una primavera que Carlos pensaba había comenzado a florecer con la aparición de Stephanie, con su insistencia en que él se relajara un poco, con la confianza que ella tenía en todo lo que afirmaba y en todo lo que hacía, como cuando ella le dijo, sin que le temblara el pulso, que aquello no era una relación, que no se ilusionara, pero que sí se dejara llevar. Una confianza que, aunque en un principio Carlos no supo entender, comprendió luego que la que viene con saberse suficiente, con tener lo suficiente, y con ir a ese tipo de escuelas en las que todo el mundo se conoce y las cuales gradúan a gobernadores y políticos y alcaldes y negociantes, y que tienen muy poco que ver con las escuelas cagüeñas y las escuelas que Carlos conoce y a las que fue, y mucho que ver con las escuelas que han ido formando el mundo para el cual él se ha ido preparando, pero al cual no pertenece; un mundo que exige de esas habilidades que él ha buscado perfeccionar, un mundo que, si seguían como iban, ninguno de los heladeros de The Creamery where ice cream meets heaven llegaría a conocer.

Si Carlos mirara alrededor de The Creamery where ice cream meets heaven, el único que podría acceder a ese mundo sería Raúl, el esposo de Lisa, la jefa, si no fuera pastor, porque era él, entre todos los que se paseaban detrás de las bambalinas de la heladería, quien tenía la mente más clara, la mente más afilada. Raúl, que si hubiera estado allí en aquel momento le hubiera dicho algunas palabras para calmarle el estrés, le hubiera dicho cómo responder, qué hacer para poder enfrentar la situación de la forma más sensata. Carlos no era religioso o, por lo menos, no era del tipo de religiosos que se involucran en los asuntos evangélicos de Raúl, con sus grupos de jóvenes y sus coros y sus actividades planificadas como formas alternativas de «vivir en Cristo», pero si lo hubiera sido, no dudaría en estar al lado del pastor lo más posible, porque aquel hombre parecía existir en una frecuencia alterna donde todo parecía moverse a otra velocidad, mucho más lenta, y por eso mucho más lúcida, más abierta a la reflexión, de modo que todo lo que decía parecía venir previamente planchado, pero no por eso impostado. Carlos a veces se preguntaba cómo era que un hombre así había terminado con alguien como Lisa, la jefa, que, aunque Carlos jamás lo diría en público, era una mujer vulgar —cafre— y algo ruda, de bordes duros; una mujer a quien no le importaba sembrar cizaña, como bien les había hecho ver Carla María a todos los empleados en más de una ocasión.

Esa misma mañana había sido Raúl quien había abierto la tienda con este Carlos, y no habían pasado más de cinco minutos desde que las puertas estuvieran sin candado cuando entró un hombre mayor que no podía tener menos de setenta años a consultarle algo al pastor. Raúl salió tan pronto como Carlos le avisó de la llegada del anciano y se sentó con el hombre en una de las mesas para los clientes. Por más de dos horas estuvieron allí, discutiendo quién sabía qué. Carlos observó —desde el otro lado del mostrador— al señor hablar por la mitad de ese tiempo, contar algo que debía de ser grave o, por lo menos, algo que parecía preocuparle muchísimo, porque se seguía pasando ambas manos por la cara, para estrujársela o para limpiarse las lágrimas, y a todo esto Raúl asentía levemente con la cabeza, calmado, como si nada le sorprendiera. Desde su atalaya, Carlos no podía dejar de preguntarse cómo era que un hombre que había vivido más del doble que otro buscaba a este para que le ayudara con decisiones sobre las que el más joven de los dos difícilmente podía contribuir con alguna sabiduría adquirida de primera mano.

El otro Carlos por fin salió a las cinco y cuarenta y cinco. En vez de pasar a hacer lo que le tocaba, se recostó en el marco de la puerta que separaba el área del mostrador de la del pasillo donde había estado descansando y le comentó algo a este Carlos respecto a lo bien que se sentía la tienda desocupada un viernes en la tarde. El segundo le contestó diciéndole que no se podían confiar: indudablemente llegaría la gente —en esto tenía razón, aunque no lo sabían aún—. También llegaría Mario y María C., añadió el otro.

—¿Por qué no llamas a Lisa? —preguntó este Carlos.

—¿Para qué?

—Para decirle que la tienda está vacía. A ver si llama a Mario o a María C. y les dice que no vengan. Así por lo menos se sacan un día libre.

—Mejor que vengan. Así nos ayudan.

—¿Ayudar a qué, si se supone que ya esto estuviera lleno?

—A asaltar la tienda —dijo el otro Carlos y evitó mirar al tocayo, dándose una oportunidad de realmente observar la tienda en aquel estado: el sol se filtraba por el vidrio y se expandía en las losas negras de las paredes, inevitablemente dándole forma a las pequeñas motas de polvo que ondulaban en el resplandecer y, también, encerrando en sombras una mesa que quedaba detrás de un cartel de promoción.

Este Carlos se rio y miró al otro, que le devolvió la mirada, pero no la sonrisa, lo cual hizo que el primero, siguiéndole la máquina, como si se tratara de una ocurrencia del momento, le informara que en aquella caja no había dinero suficiente ni para irse del país, y el otro Carlos respondió que si no para irse, sí había para quedarse. Este Carlos le preguntó que en dónde uno podía sobrevivir con tan poco dinero. Y comenzó a hacer cálculos, como solía hacer en estas situaciones, como solía hacer cuando el resto de los heladeros decía algo que él sabía improbable o imposible, o simplemente sanano, como le pareció en aquel momento un asalto a la tienda. El otro Carlos tiró sus hombros y dijo que nada de eso importaba, que si llegaban los otros, tendrían un grupo suficientemente grande para hacer lo que había que hacer cuando cerraran, y, acto consumado, gastarían toda la noche yéndose, aunque el otro Carlos aún no sabía para dónde, pero rápido añadió que a Carla María se le ocurriría algo, o a Mario. Mientras decía esto, caminó hacia los helados, tomó una cuchara y comenzó a revolverlos, como se supone que hicieran para mantenerlos frescos, limpió la piedra de mármol donde mezclaban los helados, acomodó las cosas que estaban fuera de lugar, le pasó un paño húmedo al mostrador y rellenó la caja de servilletas y de sorbetos. Este Carlos lo miraba, poco a poco perdiendo la sonrisa que tenía en la cara, y solo entonces procesando la mención de Carla María, y le dijo que cuando ella escuchara se reiría igual. El otro Carlos tomó otro paño y salió en dirección de las mesas de los clientes, para limpiarlas, y en algún momento comentó algo, quizás que la idea era de Carla María o que estaba seguro de que ella se apuntaría, y si la gente no estaba llegando por lo de la huelga de los camioneros, mejor, porque así podrían escapar más fácil, y escapar más rápido, y librarse de aquella puta tienda. La mención de la huelga se la recordó a este Carlos y le respondió al otro que si la huelga escalaba a paro general y detenía al país y, por consecuencia, no llegaban los clientes, ¿qué rayos iban a robarse? —y esto para él probaba lo absurdo del plan.

Desde el área común, el otro Carlos dijo que lo del dinero no importaba, que lo que importaba era el asalto, el escape, mandar para la mierda de una vez por todas todo aquello.

Este Carlos le preguntó que qué era «todo aquello», porque comenzaba a desesperarse o a aburrirse de lo que pensaba una paja mental, y remató que si quería mandar al carajo todo esto se debía unir a la huelga de los camioneros, por ejemplo, o debía crear una unión, o, por lo menos, algo que trascendiera las niñerías y, por alguna razón, se descubrió de mal humor, aunque al mirar al otro Carlos lo descubrió en el otro extremo del espectro de emociones, riéndose sentado en una de las sillas de los clientes, y este Carlos intentó reírse también, aunque de mentiras.

—Entonces, ¿te apuntas o no? —preguntó el otro Carlos, y este meneó la cabeza, aunque intentó imaginarse haciéndolo. Tomó un poco del helado de cheesecake con una de las cucharitas de pruebas, para comérselo, y vio a un cliente entrar y pasar por el lado del otro heladero sin percatarse de su presencia.

13

Seis de la tarde: los clientes comenzaron a llegar de golpe y a la misma velocidad los Cárloses tomaron sus posiciones detrás del mostrador, dejando colgada la conversación anterior e ignorando la presencia de Antonio, que se había vuelto a detener frente al vidrio de la tienda, ahora un poco más insistente, acompañado de una nube oscura que justo entonces se esparcía por el cielo y que tal vez era la culpable de aquella pesadez como de película de suspenso. Detrás del mostrador, moviéndose a toda velocidad, los Cárloses parecían parte de una misma maquinaria. Se movían con tanta coordinación que sería casi imposible que uno se le metiera en el medio al otro o que los dos pares de manos se enredaran al estirarse a tomar algún dulce o fruta que exigiera algún cliente, o algún sabor específico de mantecado. Sus cucharas de vez en cuando azotaban contra la piedra de mármol fría y, cuando eso ocurría, lo hacían a la vez y liberaban un sonido metálico que vibraba por la tienda y por las manos expectantes de los clientes que habían comenzado a formar una fila contra todo pronóstico, al final de la cual se encontraba María C., que entró acompañada de una mujer joven que cargaba a una bebé en sus brazos y con la cual hablaba con el indiscriminado ardor que le dedicaba a cualquier tema, ya fuera el vestido que utilizó para su *prom* dos meses atrás, cuando se graduó de la escuela superior, o el dictado semanal del inventario de la tienda. Eso sí, quizás esa vez el tono estuvo justificado. Sucedía que su prima, aquella mujer joven con el bebé, le contaba que no había caído en regla esa semana ni la anterior ni la de más atrás. En su caso, y dada su precisa regularidad menstrual, esto solo podía significar una cosa. Una que se complicaba precisamente por el amasijo de carne y hueso que estaba en sus brazos y que pronto comenzaría a llorar para exigir comida, algo que ella odiaba que sucediera porque no podía evitar sentirse como si aquellos pequeños labios que le magullaban el pezón lo que hacían era transformarla en una botella de leche andante, y algún miedo insensato la hacía temer que, en tanto botella, pudiera quedarse vacía, y quedarse sola y vacía era lo peor que le podría ocurrir.

Eso era lo otro, que se suponía que estuviera «sola», le dijo a María C. Lo decía entre comillas porque el papá de la criatura la había dejado antes del parto y aun ella no podía lidiar con el dolor de ese abandono. Justamente por esta incapacidad se había descuidado con Bimbo, que había sido su vecino toda la vida, y que siempre había estado enamorado de ella. Ella siempre lo había tratado nada más como un hombro en el que llorar —y con razón, porque Bimbo era buena gente y tierno y gordito—. La excepción ocurrió hacía como un mes, cuando se dijo que, pues, necesitaba unas cariciecitas, y se dejó llevar. Pero usó protección y todo, y ¿cómo iba a ser que ahora aquello? Y no solo aquello, sino que sabía que, a diferencia del anterior, Bimbo no la dejaría mientras estuviera embarazada. De hecho, si fuera por él, jamás la dejaría, y eso sí que a ella le agobiaba un poco aunque jamás se lo diría a nadie, con excepción de a María C. Le agobiaba más que nada porque cuando decía que Bimbo era gordito, el diminutivo era solo muestra de ternura —era Gordo, con mayúscula—, y ella había dedicado toda su adolescencia a perder peso, porque también había sido gordita —no Gorda—. Sin embargo, a diferencia de él, ella siempre fue una gordita acomplejada. Fue a fuerza de complejo que a los dieciséis años decidió reconstruirse. Lo hizo a fuerza de dietas, de ejercicios y de puro arrojo, y sí, era cierto que si una había sido gordita en la adolescencia siempre seguiría siendo gordita por dentro, siempre se pensaría gordita y siempre se pensaría en peligro de recaer en el carnoso precipicio de la gordura. Ese miedo la había mantenido a dieta aun durante el embarazo, en contra de las órdenes de su doctor, y mírala en aquel momento, con una criatura de diez meses y ya en forma, y mírala diciéndole que no a uno de los Cárloses, que solo desea un vasito pequeño del fat-free heaven y solo pedacitos de guineo y nada más. Era justo ese cuidado, era justo esa voluntad construida a pulso de convicción y complejo lo que amenazaría el cariño sostenido e incondicional de alguien como el dulce Bimbo, tan sin problemas, tan feliz consigo mismo —todo lo contrario del padre prófugo de la criatura, tan flaco, tan cortado y con *six pack*.

No fue hasta que María C. estuvo frente a la caja registradora que uno de los Cárloses la reconoció como una de ellos, y entonces tocó las teclas necesarias para que solo pagara cincuenta centavos por los dos helados. Ambas le agradecieron y se fueron a sentar con los clientes, donde María C. procedió a dar un consejo clave a su prima, y el Carlos regresó a su dupla y a aquel ritmo que solo podía lograr con su tocayo, a pesar de todas sus diferencias —que lo eran solo en el nivel circunstancial de la crianza, y tal vez también en el nivel de composición genética, cómo no, pero si se tomara una perspectiva superestructural, una mirada como la que uno de los Cárloses había estudiado en clase unas semanas antes y de la que le había hablado a Carla María, eran más o menos la misma persona, por lo que la coincidencia de los nombres tenía algo de sentido y hasta podría ser que tal coincidencia justificara toda su existencia poética, o algo así habría pensado, en otra ocasión, María C., que era adepta a hablar de justicias poéticas, de momentos poéticos y, en general, de caracterizar las cosas haciendo referencia a esa pasión literaria que la caracterizaba.

Entre cliente y cliente los Cárloses habían lanzado vistazos periódicos por encima de docenas de hombros y a través del vidrio, queriendo estar pendientes de la localización precisa de Antonio, la amenaza que los asediaba y que, tras haber estado ahí un minuto antes, desapareció repentinamente, dejándolos algo desorientados, preguntándose si había entrado a la tienda, y si sí, ¿dónde estaba?, ¿sería que habría entrado al baño o que los esperaba detrás de la puerta que conectaba el área de los empleados con la de los clientes, el único punto ciego al mostrador? Uno de los Cárloses pensó que el problema no era que estuviera allí en ese momento, porque la tienda estaba llena, sino que permaneciera allí y los sorprendiera o que, peor, obligara a María C. a abrirle la puerta, porque a ella le tocaba entrar ya, aunque los tocayos le estaban dando oportunidad de terminar su conversación. Y si fuera así, por más improbable, no serían solo ellos los afectados por haber tomado la decisión equivocada en el momento equivocado, sino también María C., una nena que seguramente en su vida jamás había sido culpable de nada.

O, por lo menos, una nena que no habría sido culpable de nada hasta esa noche, porque en más o menos treinta minutos, tras entrar en turno —Antonio no estaba donde temían—, y tras el recuento paródico de los planes de asalto por el Carlos incrédulo, María C. inmediatamente se le acercó al otro Carlos y dijo que sí, y dijo que podían usar la miniván blanca que su madre le había dejado cuando se mudó a Kissimmee, Florida, que estaba en el *parking* frente a los cines y que, gracias a Dios, tenía el tanque lleno. En ella cabrían todos, dijo, y no solo eso, sino que ella manejaría. Carlos le dijo que aún no habían pensado ni hacia dónde se dirigirían ni tampoco tan siquiera qué seguiría a la huida. Pero tras la primera mención de la fuga, María C. recordó un lugar, una casa abandonada que vio hacía cuatro o cinco años —debía de tener trece o catorce en aquel momento— en el municipio de Utuado, al fondo de una carretera de tierra desde donde se escuchaba el tímido rugido del río Criminales, y recordó cómo se acercó y miró por una fila de ventanas de aluminio a la que le faltaba una lámina, y se sorprendió al ver que, a pesar de estar abandonada, parecía como si los residentes de aquella casa hubieran salido una tarde al supermercado y, de la noche a la mañana, hubieran decidido entregarle su propiedad a la humedad y al polvo y a la desidia, y jamás regresar. Había querido entrar en aquella ocasión, pero su mamá le había insistido en que regresara al carro, tras percatarse de que las viejas primas a las que buscaba o habían muerto o habían abandonado la casa, y María C. miró a través del vidrio trasero de la miniván cómo, a la vez que se alejaban, la residencia se escondía entre el verdor de los árboles hasta que una curva la hizo desaparecer por completo.

Podrían ir hasta allá, dijo María C., y Carlos le dijo que mejor hacia allá que hacia ningún lugar y se rieron, y pasaron a atender una fila instantánea de clientes que anunciaba, sin saberlo nadie, el punto más alto de ventas de lo que restaba de tarde.

Entre un mantecado de cheesecake con M&Ms y uno de chocolate con brownies, uno de los Cárloses le comentó a María C. que los clientes estaban más tensos de lo normal, más ásperos al pedir el helado, como si se tratara de un sábado a las 9:00 de la noche y no un viernes a las 6:45. Ella supuso, y así le dijo, que aquella intensidad tenía que ver con que la cuestión con los camioneros había pasado de huelga a paro nacional a las tres y pico, antes de que comenzaran los tapones de las escuelas y suficientes horas antes del trancón de las 5:00 de la tarde como para garantizar que la gente comenzara a estresarse y a enloquecer. De acuerdo con las noticias, dijo, el ala más radical de los tronquistas había ocupado todo un carril de la autopista de Caguas a San Juan, en ambas direcciones, y también del de San Juan a Bayamón, y así por el estilo, y ella dijo que allá afuera era como si se estuviera en otro mundo, porque Caguas estaba vacío, lo cual era increíble a esa hora, aunque no sabía si era porque todo el mundo que trabajaba en el área metropolitana había quedado atrapado fuera del municipio o porque la gente, con excepción de la que hacía filas en las gasolineras, había decidido acuartelarse en sus casas. Lo que importaba era, para María C., que mientras venía con su prima —que se iba a encontrar con unos amigos en el cine— en la miniván blanca sintió como si todo aquello hubiera sido hecho para ella. Los Cárloses rieron. A pesar de que se burlaban cuando María C. se iba en sus viajes, sí los apreciaban, así que no la interrumpieron y atendieron a sus respectivos clientes mientras ella insistía, frente a la plancha caliente en la que hacía los waffles de las barquillas, que sí, que era como si le hubieran creado toda aquella explanada de brea y asfalto y cemento solo para ella y, aunque sonaba bobo, por el breve segundito que le duró la sensación se alegró, porque sintió como si ella también se mereciera que le crearan un mundo, fuera o no uno artificial. De hecho, mejor que lo fuera, que fuera uno que no había venido incluido en el paquete original del planeta sino que era producto de la bondad de algún grupo anónimo que decidió, por puro arranque, dedicarle algo a María C. Vega González, hacerla sentir como si el espacio que había ocupado durante sus diecinueve años y que esperaba seguir ocupando, por lo menos, cincuenta y cinco más, no había sido malgastado.

A todo esto, una señora cuarentona que se había demorado frente a la caja registradora, en cuya mano comenzaba a derretirse un mantecado, interrumpió a María C. para darle la bendición y preguntarle si era poeta porque qué lindo hablaba, y María C. se rio, pero después se quedó callada, como si el comentario de la mujer la incomodara.

Carlos le cobró lo que debía y la despidió. Le sonrió a su compañera, quien, tras terminar con las barquillas, pasó a atender al próximo cliente, y este Carlos titubeó un momento antes de continuar con sus tareas porque, al igual que su tocayo, no podía sino ver con ternura a María C., precisamente por esa fragilidad que mostraba en todo momento y que no se presentaba como vulnerabilidad porque no la hacía parecer monga ni cursi ni nada por el estilo.

Tal vez el cariño que le tenían los Cárloses a María C. tenía que ver más con el hecho de que ella, a diferencia de todos los otros empleados de la tienda, desde el momento en que se entrevistó con Lisa, la jefa, se mostró superagradecida, como si aquel trabajo fuera un privilegio y no tanto una necesidad, aunque eso fuera lo que era para ella, que se había visto obligada a mantenerse una vez que su mamá emigró. Fue con el fin de ayudarla que una vieja amiga de su progenitora, que era prima de Lisa, la jefa, la recomendó y allí estaba ella ahora, diez meses después, trabajando en una heladería, y diciéndose que aquello había sido pura suerte.

Uno de los Cárloses entendía el agradecimiento de María C. a Lisa como impropio o, por lo menos, inmerecido, aunque no dijera nada, porque cómo uno le dice a alguien que su alegría está basada, por más beneficiosa, en principios equívocos, lo cual lo llevaba, a ese Carlos, cómo no, a simplemente celebrarla y admirarla y desear que hubiera alguien más como ella de quien pudiera enamorarse —alguien más, claro, que no fuera Carla María—. Carla María también era complicadísima, tan complicada que cuando apareció al final de la fila quince minutos después, acompañada por el gerente del cine, la otra mitad de los Cárloses se sorprendió, aunque no había razón, porque ella bien había dicho que regresaría y permanecería hasta la hora del cierre. Aun así, su regreso le daba algo de concreción al plan, al asalto, y esa mitad la saludó con nervios, como si le escondiera algo y ella comprimió el ceño, preguntándole que qué pasaba sin formular la pregunta y simplemente diciéndole que le diera dos mantecados de vainilla y que les añadiera brownies y un poquito de whip cream y ya, y a su lado el gerente de bigote rojo simplemente sonreía y, atendiendo a otro cliente, María C. pensó que instaba decirle al pobre individuo que no estaba en una cita con Carla María, y esto era algo que ella simplemente adivinaba partiendo de lo poco que conocía de su compañera de trabajo, la cual siempre había tratado a María C. con algo de distancia.

Al principio, María C. había interpretado esa distancia como pura comemierdería —bien pudiera ser— pero poco a poco la entendió como la distancia *default* con la que Carla María se aproximaba a la gente. Convenciéndose de ello, pudo hacer las paces y estrechar su relación laboral hasta un punto en el que, sin saber mucho la una de la otra, cuando estaban juntas podían llegar a funcionar con la misma sincronía que ella veía entre los Cárloses. De hecho, cuando estaban los cuatro, ellas dos y ellos dos, detrás del mostrador se transformaban en un ingenio, en un increíble e ilimitado aparato generador de valor. Cuando eso sucedía, cuando entraban en ritmo, ella decía poder «sustraerse», y con eso no quería decir que cavaba un roto dentro de sí y desde allí contemplaba lo que sucedía, sino que suspendía el pensamiento y formaba parte de aquella unidad que sí hacía que la tienda fuera mucho más eficiente, pero que además hacía muchísimo más. A María C., con sus tendencias hacia lo cursi y lo significativo —eso a lo que ella llamaba «lo poético»—, le gustaba decirse que la máquina que formaban hacía cosas en un nivel que trascendía todo aquello, en un nivel animal y atómico, en un nivel al que solo podían llegar unos pocos grupos en el mundo y, por pura casualidad de la vida, uno de estos se encontraba en The Creamery where ice cream meets heaven.

Cuando terminó con su cliente, María C. tomó el paño y el Lisol para salir a limpiar las mesas y al pasar frente a Carla María, que estaba ante la caja registradora, le mostró el pulgar, dándole un *thumbs up*, y Carla María supo de inmediato que ella también era parte del plan, que también estaría allí esta noche y suspiró con alivio, porque por alguna razón esto le dio algo de seguridad, un tipo de concreción que no podía darle el Carlos que la atendía, quien no daba ningún indicio respecto a su participación, y ella pensó que quizás aún no se había enterado y quiso decirle algo, pero no supo ni cómo ni en qué momento, porque el gerente la acompañaba muy de cerca y porque en menos de cinco minutos tendría que regresarse al cine donde verían la nueva película de Batman que le interesaba simplemente por su disponibilidad y no por mucho más.

14

Carla María y Carlos quedaron en encontrarse en una cadena de hamburguesas localizada en lo que ella aún pensaba como la «parte nueva» de Plaza Centro. El centro comercial llevaba ahí desde siempre, pero en algún momento durante los años noventa se expandió hasta que cubrió un monte sin importancia para la mayoría de los cagüeños. Un tío político de Carla María que vivía en áreas aledañas solía llevarla cuando niña, con una de sus primas, a través de un camino repleto de maleza que hacía parecer como si se hubieran transportado a la mismísima selva. La montaña del oso, como la llamaba el tío, era importante porque era el único lugar en la isla donde sobrevivía una pareja de osos caribeños, un tipo de úrsido enano que, decía, había dominado la isla antes de que llegaran los indios taínos, quienes se dedicaron a cazarlos salvajemente. El tío las llevaba una vez al mes e inventaba y les contaba de los avistamientos más recientes.

Los osos comenzaron a escasear con la misma velocidad con que se deterioró el matrimonio del tío y la hermana de la mamá de Carla María. Una de las últimas veces que lo vio, el tío le dijo que, desafortunadamente, la osa había muerto de dengue, y el macho, sacudido por la pena, había saltado frente a un camión que, al cruzar la avenida Luis Muñoz Marín, dio por terminada la larga supervivencia del *Ursus caribeñus*. Carla María debía tener como seis o siete años para eso y la muerte de los animales la golpeó de tal modo que su mamá la pensó enlutada por el divorcio.

Atrapada en el tapón de carros que normalmente apiñaba la avenida, Carla María se dijo que debía contarle a su nena acerca de la montaña del oso cuando la buscara en el cuido. La anécdota también le podría servir para romper el hielo con Carlos, lo cual con cada minuto le daba más estrés. Habían quedado en juntarse en el lugar a la una. Ella había escogido la hora y el restaurante. Desde ya sentía la calentura de la ansiedad trepándosele por la espalda baja y escalándola hasta los hombros, donde comenzaba a agujerearle el cuello, a hacerla sudar un poquito demasiado. Subió la fuerza del aire acondicionado y se obligó a respirar hondo, a bajar las revoluciones. ¿Qué era lo peor que podía pasar?, se preguntó, por eso de exorcizar sus demonios, pero rápidamente una serie de respuestas le cruzaron frente a los ojos y prefirió ignorarlas, obligarse a prestarle atención al tráfico. Desde el retrovisor, Carla María vio cómo, un poco antes del Colegio San Miguel, una señora mayor en un Volvo tinto se desesperó, tiró del guía hacia la derecha, se trepó en la acera, aceleró hasta llegar a la calle Corral, donde volvió a caer en el asfalto y desapareció calle abajo.

¿De qué hablaría con Carlos?, volvió a preguntarse. Su mamá, que pasó unos años de su adolescencia en Ponce, decía que entre las muchas cosas que diferenciaban a los dos municipios, la más llamativa, para ella, era que a Caguas parecía faltarle historia. Decía que los ponceños solían poder comenzar a hablar de algún evento con repercusiones históricas regionales o nacionales así de la nada, mientras que los cagüeños, como mucho, sabían algo de sus abuelos y eso ya era poco normal. Recurriendo a su tono sentencioso de maestra de escuela intermedia, su mamá declaraba que Caguas tenía la increíble capacidad de borrarse a sí misma, a pesar de que, al mismo tiempo, sus montañas siempre están ahí, insistiendo en su presencia. Decía que, sin esa capacidad histórica, a los cagüeños solo les quedaba el chisme y la confesión, y Carla María no quería caer ni en lo uno ni en lo otro con Carlos o, por lo menos, no de entrada. Preferiría no tener que hablar de sí misma. Preferiría no tener que explicar cómo era que tenía una nena de siete años. Realmente, preferiría que no tuviera que decir que tenía una hija y punto, sino que el exheladero lo supiera de antemano, que lo tomara como un dato biográfico entre muchos, como tener un tío o una hermana del medio. Debió haber subido una foto a Facebook y así salir de eso, pero ya era muy tarde.

En general, cuando Carla María no lograba evadir la pregunta acerca de cómo terminó con una nena y se veía obligada a dar respuesta, solía contar una de dos historias. Aunque quizás no era el método más saludable para enfrentar la vida, sí le servía para apalear la tensión que le causaba la situación. Fue Zulmita, su psicóloga, que le sugirió la práctica, la cual justificó con un refrán mexicano al decir que de todos modos «porque parece mentira, la verdad nunca se sabe».

La primera de estas historias no era tanto un relato, sino más bien una serie de frases incompletas que casi siempre daban por terminado el asunto porque obligaban al oyente a suponer. Por ejemplo, cuando llevó a la nena a una fiesta de Navidad de la oficina del dentista, el doctor, sorprendido, le dijo que no sabía que tenía una hija. Carla María le respondió que claro que tenía una hija, que hasta la tenía de foto de *wallpaper* en su teléfono y se lo mostró. Él le dijo que no creía haberla escuchado hablar de ella y Carla María le ripostó que él nunca hablaba de su madre, pero que ella presumía que tenía una. El doctor se rio y le preguntó, pensándose sutil, «¿y entonces?», como pidiéndole la anécdota o el certificado de nacimiento. No sería ni el primero ni el último. Carla María le respondió, sonriéndole de vuelta, «tú sabes cómo es». Y el doctor abrió los ojos, asintió, y dio por terminado el asunto. En ocasiones, la gente insistía un poco más: «¿y el papá?». Con los años, Carla María había aprendido a sepultar la conversación respondiendo simplemente «un cabrón». Los insistentes, entonces, se ponían un poco nerviosos, pensaban en los muchos cabrones que conocían o de los que habían escuchado y llenaban los blancos.

La segunda solía implicar a un novio con quien supuestamente apenas comenzaba a salir cuando se enteró del embarazo. El novio no existía, por supuesto. Pero, como era joven, las señoras mayores, quienes eran el público ideal de esta versión, no le hacían más preguntas, ya que imaginaban que todas las muchachas de veintitantos años siempre andaban con novios a menos que tuvieran uno «de esos» problemas. Este novio, a quien siempre se refería con alguno de los nombres de los apóstoles y quien solía ser oriundo de un municipio distante, como Las Marías, se emocionó muchísimo al enterarse de que sería padre y comenzó a esforzarse en la oficina gubernamental equis en la que trabajaba, con las esperanzas de impresionar a su jefe y que lo ascendieran de puesto. Desafortunadamente, Carla María solía decir, un poco antes de aquel verano, a cuestión de uno o dos meses del parto, el padre de la criatura fue despedido como consecuencia de aquella ley de los despidos masivos de Fortuño. Pasó el mes siguiente buscando empleo, pero, al no hallar nada en la incipiente crisis económica, tomó un vuelo para Florida. La distancia y el tiempo hicieron lo suyo, y allí estaba ella, Carla María, madre soltera. Las señoras entonces decían que entendían y le apretaban la mano, no solo porque habían escuchado muchísimo acerca de aquellos despidos a través de las noticias, sino porque lo del tener que irse para allá afuera les solía recordar las grandes emigraciones de sus propias adolescencias.

Ninguna de las dos historias, sin embargo, era totalmente cierta. No eran totalmente falsas, tampoco. La verdad era un poco más vulgar: un día orinó en una cosita y la cosita le dijo que estaba embarazada y ella no se sintió obligada a decirle al chamaco anónimo con el que estuvo, porque ya para ese entonces habían dejado de juntarse. Le perdió el rastro y, cuando reapareció por internet, como suele suceder siempre, le dijo que no se preocupara, que la nena no era de él, sino de un exnovio. Ya para ese entonces, el individuo vivía allá afuera, y colorín colorado. Solo les contó la versión real a su mamá y a sus hermanas una vez, las cuales insistieron en que «ella no era así», suponiendo alguna anécdota de corazones rotos y vestiduras rasgadas. Juraban que, algún día, finalmente, les diría el nombre del progenitor. Con el tiempo, se dieron por vencidas y no tuvieron más opción que creerle.

Todavía no había decidido cuál de las tres versiones les contaría a Carlos. Como siempre, se dijo que quizás esa vez diría la verdad, por eso de recomenzar una amistad con el pie correcto. A lo lejos, vio el semáforo de Plaza Centro parpadear y se preguntó si Carlos también estaba en aquel tapón, y si sí, ¿la estaría viendo en ese preciso instante desde un vehículo no identificado, pensando quién sabe qué, decepcionándose al descubrirla distinta o al descubrirla demasiado igual?

15

Siete y seis y Mario entró con un grito. O, más bien, con un alarido que pertenecía a una de esas canciones —«1341, Francia está podrida...»—, de las bandas de death metal jíbaro que solía escuchar, en esta ocasión una llamada Dantesco, y pellizcó a María C., que estaba limpiando una de las mesas, y le preguntó «qué es lo que hay, poeta», y ella se rio, le dio un codazo, y siguió limpiando, pensando que ya el chiste ni daba gracia, pero era parte de la rutina de la tienda y sus residentes, quienes suponían a María C. poeta, al igual que lo hizo la señora hacía un rato. Extrapolaban del hecho de que le gustaba leer, lo cual era cierto, aunque la suposición de que le gustaba leer más que nada poesía y, además, que escribía, sobraba. Quizás porque la pensaban poeta, los Cárloses y Carla María y Maricarmen y Lisa, la jefa, y hasta Raúl a veces la escuchaban hablarles o hacerles preguntas y no le respondían, pensando que María C. recitaba algo o se hallaba abstraída en pleno proceso de composición. Aunque al principio le molestó, especialmente porque no los conocía todavía, y porque todo el brollo había surgido debido a tres o cuatro ocasiones en que llegó temprano y se puso a leer en una esquina del pasillo-oficina-área de descanso, porque no tenía nada más que hacer. De hecho, todo había ocurrido a causa de que había estado leyendo un libro de fantasía escrito por un geólogo canadiense y cuando uno de los Cárloses le preguntó que qué hacía, ella le mintió diciéndole que estaba leyendo un poemario, porque sabía que así no le preguntarían de qué se trataba y no se vería obligada a responder que era un relato sobre un mundo alterno en el que hay un escuadrón de espadachines, parecidos a mosqueteros, que le rinden su libertad a las personas a las que protegen mediante una ceremonia a la que le llaman *la atadura*. La ceremonia implicaba que, a la vez que se recitaba un hechizo, la persona a la que se le entregaba la autonomía y a la que los espadachines juraban defender por el resto de sus días, les atravesaba el corazón con un estoque. En las novelas, el ritual solía dar paso a una serie de conflictos históricos y morales, porque el mosquetero hechizado no podía sino proteger a su amo o ama, sin importar que esto se hiciera en contra de la voluntad del uno o del otro. A veces, tal protección venía a costa de la limitada vida privada del espadachín. Incluso, podía hasta llegar a estar en contra de todo el sistema de creencias y valores de algunas de las partes.

Cuando le contó a su prima hacía unos meses, esta opinó que la premisa entera era un poco estúpida —algo que jamás decía cuando María C. le hablaba de poesía, por ejemplo—, pero María C. volvió a explicárselo pidiéndole que se imaginara el conflicto moral que sentiría, por ejemplo, alguien que le entregó su libertad y juró proteger eternamente —por decisión propia, por crianza, o por miles de razones— a un Hitler de once añitos, cuando a duras penas podía crecer un bigote; ahora, siguió María C. en aquella ocasión, imagínate el conflicto interno de este guardián cuando Hitler se hace un cabrón. Esta persona sería incapaz de tomar acción en contra de él —digamos que el protector es el único vecino judío del joven Adolfito—, aun cuando observa a su protegido matar a su gente por decenas, aun cuando tiene que finiquitar a cualquier persona que atente contra el Führer. Es más, imagínate cómo se siente el protector cuando se ve obligado a detener a Hitler en su intento de suicidio, de sacarlo a escondidas de Alemania, de llevárselo, digamos, a un lugar lejos, a lo más lejos que podemos imaginar —a Jayuya, por ejemplo—, y allí tenerlo de por vida, bien cuidado, bien alimentado, *seguro*. La prima se interesó por un momento y preguntó que qué sucedía si el protector atacaba al protegido, y María C. dijo que era casi imposible, pero que las pocas veces que había sucedido en la novela, o, por lo menos, la única vez en lo que había leído de la serie (solo iba por la tercera de seis), el protector perdía la razón —moría casi siempre en su intento—, pero si fracasaba en el acto no solo perdía la razón, sino que se quedaba como vegetal —un vegetal activo, claro está; un vegetal que sigue insistiendo en proteger a su protegido—. Su prima, por un segundo, se había quedado callada, mirando al bebé que parecía siempre tener entre sus brazos con algo de sorna, pero un ratito después tiró de los hombros y volvió a repetir su anterior veredicto.

Por todo esto, y por eso de evitar opiniones acerca de algo que le gustaba mucho, María C. le había dicho a Carlos que leía a una poeta suicida, a una argentina que metió su cabeza en un horno en los sesenta o setenta, a quien realmente leyó unos cuantos meses atrás, durante su último año de la escuela superior, no porque la hubiera estado pasando mal, sino porque su maestra de inglés, miss Laboy, le había dejado dos libros encima de su pupitre, los dos de poetas suicidas, una americana y una argentina. Los dos libros le dieron duro cuando los leyó, quizás porque en ese momento su mamá había decidido irse para Kissimmee o quizás porque eso de quedarse sola aún siendo menor de edad le había parecido una superidea al principio, pero en cuestión de semanas se había vuelto demasiado. Tan demasiado que su prima comenzó a quedarse en su casa tres de cada siete días para hacerle compañía. Los otros cuatro días, María C. llegaba de la escuela y se reunía con las poetas suicidas, que sabían decir lo correcto entre asignaciones escolares. Esto era particularmente cierto respecto a la poeta argentina, o quizás la gringa. La verdad era que no importaba cuál era cuál. Una de ellas tenía un poema en el que se decía incapaz de juntar todos los pedazos y datos que conocía de alguien para poder entenderlo o entenderla o recuperarlo o recuperarla. La otra poeta, por otro lado, era incapaz de hacer justo eso consigo misma. No era que María C. fuera suicida ni nada por el estilo, como tuvo que explicarle a otro de los Cárloses, que se enteró muy pronto. Sino que esas dos mujeres habían dicho cosas muy en carne viva y, aunque la una era muy gótica y romántica y la otra muy anecdótica, cuando María C. las leía mezcladas, como si fueran la opuesta o como si fueran una, algo se alumbraba, algo parecía hacer clic, y ese clic era suficiente para ella —no tenía que ver ni el aparato ni el engranaje, simplemente escuchar el clic y ya.

Al entrar, Mario le abrió la puerta al último cliente que quedaba dentro de la tienda y que salía en ese momento. María C. terminó de limpiar las mesas y se vio totalmente a solas. Miró hacia el mostrador, pero ni los Cárloses ni Mario estaban allí y se sorprendió pensando que en el tiempo que llevaba trabajando allí nunca había visto el establecimiento totalmente vacío, ni tan siquiera en las mañanas, porque siempre el o la responsable de abrir llegaba antes y para el momento que ella entraba ya la persona, fuera quien fuera, estaba activa preparando mesas y mantecados y moviéndose a través del espacio como solo es posible hacer antes de que llegue el primer cliente, uno de esos pájaros mañaneros que siempre, sin excepción, esperaba que la tienda abriera como si su vida dependiera de ello —y, a veces, efectivamente dependía de ello en lo familiar ya que solo si se llegaba a primera hora era posible ordenar, para el mismo día, bizcochos de mantecado de esos que tanto le gustan a los niños porque, como se dice en los anuncios de la televisión, logran fusionar todos los placeres de la vida en un pequeño pedacito de cielo, «mmmmm, ¡qué rico!»—. En fin, la tienda estaba tan vacía como lo estaba tres días a la semana su propia casa y, del mismo modo que sucedía en esos momentos, María C. se llenaba a la vez de una tristeza espesa y de una sensación afirmativa que parecía decirle que tal vez había algo en aquella soledad que le venía por naturaleza a las personas, que tal vez lo social de nosotras estaba predispuesto a suspenderse de vez en cuando y que en el alborotoso silencio de ese «de vez en cuando» había que abrir las compuertas y darle campo libre al estrépito. Quizás, se dijo María C., fue ese estrépito el que habían escuchado Carlos y Carla María, y quizás toda aquella cuestión del asalto y de la fuga era un intento de expandirlo, de crear un espacio en el que se pudiera estar en él en grupo, y si fuera así, quizás Carlos y Carla María habían querido decirle que ella era de los suyos, lo cual alegró a María C., que sentía que nunca había tenido sus propios o, por lo menos, nunca del modo que pensó que los tendría.

—Nunca he visto a una chamaquita más nostálgica que tú, ¿oíste? —dijo de repente Mario, como si pudiera leerle los pensamientos, y

María C. se abochornó y le dijo que se fuera para el carajo, y ambos se rieron.

A María C. le hubiera gustado decirse que Mario se equivocaba, pero tenía bastante razón, especialmente si consideraba cómo solía espaciarse en las clases de la escuela y visualizarse en un futuro, a cuarenta años, sentada a solas en una barra, como en las películas, imaginándose qué hubiera sido de su vida si treinta años atrás hubiera tomado equis o ye decisión.

—¿A qué hora fue que entraste? —preguntó Mario, mirando su reloj de mano.

—A las seis y pico —le respondió María C., mirando a través del vidrio hacia el estacionamiento alumbrado por los postes de luz y parcialmente desocupado.

—¿Y ya había comenzado eso? —preguntó, apuntando hacia el estacionamiento con la quijada.

—Bueno, no vi el tapón que me imagino hay en la autopista, pero sí estaba todo vacío. Excepto las gasolineras. ¿Tú de dónde vienes?

—Bajé esta mañana, estaba en casa de una amiga en la barriada ahí al lado.

—¿Novia? —le preguntó María C., porque no sabía qué más decir.

—¿No sabes si pasó Enrique, el señor cano que es camionero?

—Yo creo que no. Digo, mientras yo he estado aquí no creo que haya entrado. Bueno, ¿quizás sí? No lo conozco.

—Bueno, le pregunto a los Cárloses.

—¿Crees que está metido en todo ese revolú?

—De seguro —respondió Mario y se ajustó la visera negra que se suponía que usaran siempre, pero que solo se ponían cuando pensaban que podría llegar Lisa, la jefa.

—Qué al garete, ¿verdad? —dijo María C.

—No, la verdad que no —respondió Mario, un poco cortante, y le dio una palmada en la espalda antes de salir con un paño para limpiar el vidrio de afuera.

María C. lo observó hacerlo por un segundo y sintió la necesidad de disculparse, sin saber por qué. Con Mario una nunca sabía, porque era como era.

Veinte minutos después, del lado opuesto a Mario, que seguía a las afueras de la tienda puliendo el vidrio, apareció Lisa, la jefa, con una de sus nenas de la mano, la más gordita, la que más se parecía a ella y a la que todo el mundo menos parecía querer, incluyendo a los heladeros, con excepción de María C. que, aunque la había visto solo dos o tres veces, en esas ocasiones se la había pasado hablando con ella. Dos de las tres veces, la nena se había quejado de cómo era a ella y no a su hermana menor, que Lisa, la jefa, la obligaba a vestirse en trajes demasiado ajustados, vestidos que no le gustaban para nada y que eran tiesos e incómodos y en los cuales no podía jugar por miedo a ensuciarse. La única vez que lo hizo la castigaron tras preguntarle como cinco veces si ella sabía cuánto había costado el traje. La niña le había insistido a María C. que no sabía ni el precio ni si se suponía que lo supiera. Desde entonces, preguntaba si su hermana menor, a quien sus padres dejaban ponerse lo que quisiera, y todo el resto del mundo sabían cuánto costaban sus ropas. Eso le preguntó a María C., que cuánto habían costado sus mahones negros y su polo negra, que estaban sucias, manchadas con mantecado. María C. le había respondido que no sabía, aunque creía que habían sido más o menos veinte dólares el mahón y la polo, diez. La niña, entonces, le explicó por qué hacía la pregunta. María C. respondió, no con lástima, como pensó hacerlo por un momento, sino diciéndole que casi nadie sabía cuánto costaba su ropa y que aun los que lo sabían, no se molestaban si las ensuciaban. Fuera eso cierto o no, se lo dijo como para señalarle que algún día se podría poner lo que quisiera y, si así lo quisiera, se podría estregar hasta con fango. En aquella ocasión la niña se rio, y después de limpiarse la boca con una servilleta que le dio la heladera, para no dejar pruebas de que había comido helado, porque se lo tenían prohibido, regresó al pasillo donde estaba su mamá preparando los horarios de los empleados en la computadora, sentada en la silla ergonómica en la que se suponía que nadie más se sentara.

María C. se alegró por un momento al verlas. Sin embargo, de inmediato se percató de que el hecho de que Lisa, la jefa, apareciera quería decir exactamente eso: que Lisa, la jefa, había aparecido y que tenía intención de entrar a la tienda. María C. tomó el paño y sin correr, como quiso hacerlo, se dio la vuelta y caminó rápido hacia la puerta que daba al pasillo y la abrió y fue a donde los Cárloses, uno de los cuales estaba sentado en la silla ergonómica, y les dijo que Lisa, la jefa, estaba por entrar, y como estaban distraídos estuvieron a punto de decir «qué importa», pero en el momento que lo iban a hacer, sus dos pares de ojos se expandieron y se pusieron de pie y sin decir nada María C. supo que ellos también vieron los planes de esa noche, el asalto, la fuga, comenzar a descascararse y, de inmediato, uno de ellos sacó su teléfono del bolsillo para llamar a Carla María y el otro desapareció hacia el área del mostrador y lanzó un vistazo por entre el vidrio que cubría los helados y a través del vidrio que separaba la tienda del mundo exterior. Dándole concreción a la noticia vio a Lisa, la jefa, a las afueras, con su nena, hablando con Mario y riéndose con la picardía que solía hacerlo cuando hablaba con él y, casi al mismo tiempo, vio, al otro extremo, observándolo directamente, como si supiera que miraría en su dirección, a Antonio, en una camisilla blanca y su polo verde echada por encima de un hombro tatuado, lo cual solo podía significar que se había acabado su turno y que ahora solo esperaba porque se acabara el turno de Carlos, de cualquiera de los Cárloses.

María C. también vio a Antonio, y quiso preguntar que qué era la que había con el sandwichero, porque su quietud también le puso los pelos de punta —era casi como si no viera ni a Mario ni a Lisa, la jefa, que estaban a menos de siete pies de distancia—, pero entonces se acordó de que le habían contado de cómo Mario y uno de los Cárloses habían roto el trato, y sumó esto a la expresión de consternación en la cara de su compañero y supo que aquellas dos figuras complicaban todo.

16

María C. creía que les pasaba a todos, que a veces se olvidaban que Lisa, la jefa, era como era y se decían en voz baja «pero qué simpática es», y comenzaban a preguntarse si tal vez se habían equivocado en enemistarla. El golpe de culpa los llevaba a inventariar sus interacciones y, en esos momentos, solo podían recordar los buenos encuentros, los primeros días de entrenamiento, las veces que se aparecía con chocolates para todos y les comenzaba a hablar y les ayudaba ya fuera a limpiar las mesas o a atender a uno o dos clientes, o a ponerle orden a lo que lo necesitara. Jamás recordaban cómo, cuando trabajaban turnos de ocho horas, si la fila estaba dura y había mucho que hacer, no les permitía coger el *break* requerido por la ley, o cómo insistía en que todos trabajaran el día de Navidad y de Año Nuevo hasta, por lo menos, las seis de la tarde, aunque la tienda estuviera vacía, como para que se perdieran las actividades familiares; cómo ignoraba cualquier necesidad que tuvieran o enfermedad siempre y cuando los clientes no las pudieran notar, y cómo a veces si escuchaba de alguno de los otros empleados que alguien estaba haciendo planes para el fin de semana, les clavaba un turno de esos que le rompen el sábado a una por la mitad para que tuvieran que estar allí y, ya sin planes, se quedaran en la tienda ayudando, pero sin cobrar un peso por cualquier minuto que no estuviera presupuestado en el horario oficial, impreso en letra comic sans en negritas y pegado a la pared al lado de la puerta del pasillo. Se olvidaban de todo esto y le daban conversación, y ella les contaba algo de su vida, algo de los cinco o seis años que tuvo trabajos idénticos a los de ellos, mientras Raúl estudiaba para hacerse pastor, antes de que les fuera lo suficientemente bien como para invertir en la franquicia de The Creamery where ice cream meets heaven y que todo les comenzara a ir mejor.

Les contaba, por ejemplo, que la idea de la tienda le llegó a Raúl casi como una epifanía, lo cual ambos achacaban a la intervención de Papito Dios; que habían soñado en esos primeros años —y según ella, estaban en camino a cumplir— con crear un ambiente de trabajo en el que todos los empleados no se sintieran como tales, sino que fueran más como hermanos; un ambiente en el que quisieran pasar tiempo los unos con los otros porque así se diferenciaría su tienda de los ambientes tóxicos de los trabajos que tuvo cuando joven. Sí, solía decir y añadía, siempre, que ese solo era el principio porque, si tuviera fondos ilimitados, establecería una cadena de heladerías y, en un mundo ideal, crearía casas para los empleados, cuestión de que se desapareciera lo de coerción y así el trabajo se hiciera divertido, porque la verdad, juraba, es que allí en la tienda siempre todos la pasaban bien, ¿es o no es? En esos momentos, María C. no podía pensar en por qué era que no la soportaba y le daba la razón. Lisa, la jefa, entonces sonreía orgullosa y la invitaba a imaginarse cómo sería si ella y Raúl les dieran a todos todo lo que pudieran necesitar y, entonces, preguntaba, después de que alguien te cumple todas tus satisfacciones, para qué querrías cobrar, o cobrar mucho, ¿ves? Rápido aclaraba que no era que no les pagaría, pero que les pagaría menos, porque ya su supervivencia estaría garantizada y el dinero que les daría por encima de eso sería para los lujos, esas cosas que uno no necesita realmente para sobrevivir. A veces, en las muchas veces que se había lanzado en ese mismo monólogo, la jefa se detenía y se dirigía a su interlocutor o interlocutora y le preguntaba que qué cosa compraría si tuviera todas sus necesidades cubiertas y él o ella tampoco sabían qué decir. Con excepción de Carla María, porque Jalisco no se raja, y según le habían contado a María C., una vez respondió que si tuviera todas sus necesidades cubiertas, compraría un carro como el que Lisa, la jefa, tenía. María C. piensa que lo hizo por molestar, pero según le contaron, Lisa, la jefa, le ripostó que no sería necesario porque en la urbanización de heladeros habría transportación pública. Carla María, entonces, dijo que utilizaría el dinero para viajar, pero Lisa, la jefa, le aclaró que, si todo fuera como se lo imaginaba, no habría necesidad de hacerlo, porque allí se le proveería todo, hasta la diversión, y Carla María le había dado la razón y había dicho que ojalá eso fuera posible, y más o menos en este punto, cuando le daban la razón, Lisa, la jefa, interrumpía sus fantasías y mandaba a limpiar el baño o a preparar helados para el día siguiente. Era esta última orden la que solía romper el enchule y, poco a poco, comenzaban a poblar el inventario imaginario con las razones necesarias como para rechazarla, como para hacer como si no la hubieran visto cuando se la encontraban fuera de los horarios de trabajo, como para que, en días como ese, se acumularan las tensiones y decidieran, de una vez por todas, asaltar la tienda.

María C. la miró al fondo del pasillo, sentada en su silla ergonómica, con su nena de pie a su lado, y luego al reloj: siete y treinta y seis. A veces, los viernes, Lisa, la jefa, se aparecía solo para ver cómo iba el negocio. Lo que encontraba normalmente era, para ella, positivo: la tienda llena y una fila esperando en las afueras. Aunque nunca había sucedido un viernes, en otras ocasiones cuando las cosas estaban tan muertas como lo estaban ese día, solía mandar a uno que otro empleado a la casa, para así evitar pagar demasiados sueldos. Tan pronto lo pensó, a María C. se le ocurrió que eso era lo peor que podía pasar en esa ocasión, porque en el momento en que Lisa, la jefa, decidiera desbandarlos, desbarataría, sin saberlo, los planes. Uno de los Cárloses lo sabía, se dijo María C., al verlo caminar de un lado a otro haciendo pequeñas labores, como si así fuera capaz de hacer que el tiempo avanzara, que se lanzara hacia adelante y que en el impulso se llevara consigo a Lisa, la jefa.

Una clienta entró tentativamente, mirando a ambos lados, un poco incomodada por el extraño silencio de la tienda. Quizás jamás la había visto así. El disco que habían puesto en el sistema de sonido se había terminado quién sabe cuándo. Al ver su confusión, María C. se percató por primera vez de que ese día no había registrado la música de la tienda. Normalmente, la selección de la banda sonora del día solía ser un punto de discusión o, por lo menos, prerrogativa de quien hubiera comenzado el turno —en este caso sería uno de los Cárloses que tendría que escogerla y con ellos una nunca sabía qué podía darse—. El sistema se iba a la porra cuando llegaba Lisa, la jefa, quien estaba ahora en el fondo del pasillo-oficina dándole un discurso a uno o a los dos Cárloses. Se iba a la porra porque Lisa, la jefa, siempre quería poner a Janis Joplin y siempre quería que escucharan a su Bobby McGee. Es cierto, decía, *freedom is another word for nothing else to lose*, y si su interlocutor, que solía ser el empleado en turno no registraba la importancia de las letras de la Joplin, Lisa, la jefa, procedía a detenerlo, sin importar que estuviera atendiendo a un cliente, y le exigía que lo considerara, que se detuviera un momento y pensara qué era la libertad sino el no poder perder nada más. Solía ser un momento incómodo, especialmente cuando los clientes comenzaban a perder la paciencia ante la explicación de la jefa y ante el progresivo abandono de su helado en la piedra de granito fría sobre la que lo mezclaban. María C. realmente no le prestó atención hasta como la tercera vez en la que Lisa, la jefa, la obligó a reflexionar sobre la canción y, solo entonces se dio cuenta de que Joplin tenía razón, y durante el resto del turno se la pasó intentando pensar que qué exactamente quería decir *nothing else to lose*, porque no estaba segura si se refería a la total destitución de la persona, al no tener absolutamente nada y, por ende, nada más que perder, o si se refería a un estado psicológico en el que una pensaba que pasara lo que pasara estaría feliz. Una vez, quizás dejándose llevar demasiado, le preguntó a Lisa, la jefa, y esta titubeó, y dijo que no estaba segura, dijo que a veces creía que no tener nada que perder era estar como la Joplin cuando comenzaba la canción y andariegueaba por Baton Rouge con el bello Bobby, pidiendo pon y montándose en camiones de diésel hasta New Orleans, libres y sin ningún tipo de planes, sacando la armónica de la red bandana y soplando un par de canciones para acompañar los blues del Bobby. Pero váyase a saber, se interrumpió Lisa, la jefa, porque aunque andaban a la libre, al garete, desde las minas de Kentucky hasta el sol de California, durmiendo al aire libre, abrazaditos y todos pura candela, de repente, cuando están cerca de Salinas, la Salinas californiana, no la criolla, el Bobby se va y la Joplin descubre que sí tenía algo más que perder y era al Bobby mismo; así que quizás es al perder al Bobby que se descubre libre, aunque no es una libertad que ella quiere, y una vez que dijo esto Lisa, la jefa, se detuvo, y dijo lo contrario de lo que decía normalmente, que ese tipo de libertad, la segunda, la del final de la canción, no era una que una debía desear, porque para qué la libertad si una va a estar sola. De la nada, en esa ocasión, había salido Raúl, el esposo de Lisa, la jefa, y había dicho que la segunda libertad no era tal cosa, sino libertinaje, y se fue en un viaje religioso según el cual Bobby McGee era una metáfora para el amor de Dios y, mientras, María C. había comenzado a pensar que quizás era esa libertad sin el Bobby la que importaba, que sí, quizás podía doler, pero solo entonces la Joplin podía tirarse su la ra ra, la ra ra ra, la ra ra, la ra ra ra, uno que era totalmente distinto al que se hubiera podido tirar antes, un la ra ra, la ra ra ra, la ra ra, la ra ra ra, realmente sincero porque si hubiera una segunda reunión entre el Bobby y la Joplin sería una reunión que ocurriría en términos totalmente distintos, como cuando una se deja de un novio y vuelve con él, ya sabiendo exactamente dónde comienza y dónde termina la relación, sabiendo qué cosas de las que una siente durante el noviazgo dependen directamente del novio, y qué otras son cosas que una va a sentir de todos modos, ¿no? Y más o menos esa había sido la conclusión de María C., la cual había compartido con su prima mientras esta la visitaba con el bebé, y la prima le había dicho que ella prefería jamás tener que dejarse para descubrir eso, porque para qué una quiere vivir una vida llena de miedo e inseguridad cuando una puede vivir una vida llena de amor y chulería; ¿de qué vale saber qué cosa es o no es la libertad si vas a terminar con el vecino gordito simplemente porque es buena gente?, y qué *bad trip*, ¿verdad?

17

Tres centímetros largos y deprimidos de vida aplanada, negro-púrpura, antenas filiformes, y ahí iba deslizándose por la cuchara de hierro. La heladera se percató de ella demasiado tarde, cucaracha, aunque no la hija de Lisa, la jefa, quien se había acomodado contra uno de los gabinetes detrás del mostrador, dentro del cual normalmente almacenaban las servilletas y los sorbetos y ese tipo de cosas, y la observaba con una expresión que María C. no supo si era de desasosiego o de placer, y la incapacidad de distinguir la hizo considerar la posibilidad de que la nena fuera una de esas raras a las que les gustan los insectos y que cuando tienen la oportunidad, los atrapan, no tanto o no solamente con la intención de estudiarlos, sino con las de criarlos y amaestrarlos y entablar amistades que se extiendan a los límites más desagradables del mundo animal. Aunque le dio algo de ternura pensarla así —por lo diferente a su mamá, quien en esos momentos le daba lata a uno de los Cárloses en el pasillo—, también le dio un poquito de asco: la niña comía un mantecado de chocolate mientras seguía a la cucaracha con su mirada. María C. intentó atrapar al insecto para finiquitarlo, pero, de pronto, en un parpadear que coincidió con el de la niña, la delgada criatura desapareció con la misma ligereza con que se hizo ver, lo cual resultó en lo que la heladera solo pudo interpretar como una mueca de victoria en la cara de la hija de la jefa.

La sonrisa le pareció inaudita, por lo extraña, y porque, de repente, se le pareció a la madre, que se aproximaba en ese momento en plena queja o diatriba, esta vez con los Cárloses a su estela, que venían asintiendo, aunque con caras de aburridos, y María C. quiso hacerles el relevo, porque uno de ellos ya llevaba bastante rato sufriéndola, así que le preguntó que de qué hablaban, y Lisa, la jefa, le dijo, exasperada, que de los camioneros, de los malditos camioneros que habían decidido hacer el paro un viernes en la noche y a quién diablos se le ocurría importunar de ese modo a la gente, al pueblo. Aquello era contraproducente, dijo, porque el único resultado de una acción tan mal calculada era enemistar a la ciudadanía, y ¿cómo van a lograr así sus resultados? ¿Por qué no hacer o declarar el paro un día de madrugada o un domingo a las nueve o diez de la mañana, cuando molestaran al mínimo de personas? Así aquellos que no estaban involucrados ni tenían nada que añadir ni se enterarían ni quejarían. Si hubiera sido de ese modo, Lisa, la jefa, habría podido cumplir con su plan de viernes en la noche, que era ir a Guaynabo a dejar a la niña en casa de una amiga que se la cuidaría mientras ella lo seguía para Condado o para Isla Verde con su maridito Pepo, como ella le decía a Raúl, tal cual habían planificado el lunes anterior. O, mejor, añadió, ¿por qué no hacían el paro de una forma superefectiva: alrededor de las casas de los políticos directamente envueltos en el asunto, de aquellos que trabajaban para el gobierno, y así los cansaban y hacían que cedieran en fuera lo que fuera que pedían? Estamos en el siglo xxi, dijo, y golpeó el mostrador con una manotada, ¿cómo es que la gente no aprende a manifestarse eficientemente y evita hacer una cosa tan atroz como esta de crear un tapón interminable en la autopista, pero que afecta mucho más que la autopista, porque se desparrama más allá de sus límites y alcanza todas las carreteras de todo el territorio cagüeño? Además, el maldito paro estaba creando un caos allá afuera, y Lisa, la jefa, no quería imaginarse qué sucedería si decidían sostenerlo hasta el domingo, como se había rumorado que uno u otro camionero había amenazado. Habían pasado solo unas cuantas horas y ya, según la radio, más de cuarenta por ciento de las gasolineras del país están secas, y las filas y las gentes han comenzado a enloquecerse más de lo normal, e imagínate, el puertorriqueño es tan salvaje y tan listo que ya hay una docena de gansos sacándole la gasolina a los carros en el estacionamiento de la plaza, y eso también lo dijeron en la radio, y no dudaba que acá estuviera sucediendo lo mismo, porque, aunque la tienda estaba vacía, dijo, el cine no, ni el supermercado, que estaba repleto, casi como en víspera de huracán, y ella tenía los dedos cruzados deseando que toda esa gente se antojara por un mantecadito, porque, de otro modo, aquel maldito paro le dejaría un roto en la cartera. Ella tenía fe, concluyó, y se dirigió a la caja registradora.

María C. la siguió, lista para intentar disuadirla de lo que sabía que venía, y preocupada porque una vez que Lisa, la jefa, tomara la decisión, no se echaría para atrás. Miró alrededor de la tienda y vio a los otros tres haciendo como si hicieran en el área de los clientes: limpiando mesas, acomodando los anuncios, asegurándose de la transparencia del vidrio, etcétera, y supo que Lisa, la jefa, los vería igual, y decidiría que solo se necesitaba a un empleado para correr la tienda, aunque habría que dejar a otro con el escogido, ya que siempre es clave tener como poco a dos presentes, y María C. supo que esa decisión desharía todo. Dos de ellos y Carla María no serían suficientes para llevar a cabo el plan: no sabía bien por qué lo sabía, pero tenía esa impresión; y sería peor si Lisa, la jefa, decidía que ella sería la segunda persona, para así ahorrarse un salario más, lo cual era muy probable, porque ya había abierto la caja y estaba cuadrándola, sacando el excedente, dejando el *petty cash* necesario, el mismo de siempre, veinte billetes de diez, cuarenta de cinco, cien de uno, y un rollito de pesetas, y al mirarla una vez más haciendo los cálculos necesarios, María C. supo que esa era la decisión que tomaría. Tenía que hacer algo antes de que terminara de sacar el dinero.

De no hacerlo quedarían a duras penas esos trescientos cuarenta pesos, lo cual si no cancelaba la idea del asalto, sí la complicaba muchísimo más, porque eso sí que no les daría para nada, o casi para nada, aunque si le preguntaran a María C. diría que debían llevar a cabo el plan de todos modos, quizás por ser incapaz de imaginarse cómo sería el día de mañana si no lo hacían. ¿Cómo podría despertarse, como todas las mañanas, prender el televisor mientras hacía el café, para que sonara como si alguien más viviera allí, desayunar frente a la pantalla, estuviera o no interesada en lo que por ella corría, bañarse, lavarse la boca, quizás enviarle un mensaje a uno de los nenes a los cuales en la escuela no le había hecho caso, pero que habían seguido enviándole mensajes por Messenger aun después de que se graduaron, lo cual la halagaba, sentirse sola, después vestirse, llamar a su mamá, que bien podía responderle o no, que bien podía decirle ese día que le hacía falta o no, que quizás, ese día, por primera vez, abandonaría la ficción de que se había ido solo por un tiempo, en lo que se mejoraban las cosas, y le confesaría que le encantaba Kissimmee, y que era hora que ella tomara un avión y se mudara a los United States of America; luego, mirar el reloj, saber que tenía que entrar a su turno a las dos de la tarde, leer un poquito de uno de sus libros, quizás llamar a su prima para que le trajera el bebé en lo que, vestirse con la ropa del trabajo, guiar para allá, estacionarse, quejarse del calor, entrar a la tienda sofocada, mirar a su alrededor, y verlo todo limpio, todo acomodado, y saludar a uno que otro cliente que reconocería en la fila y, luego, lanzar un vistazo por encima del mostrador y ver a todos los heladeros allí, evitándose las miradas, en silencio, sabiendo que no había bala plateada que matara a aquel hombre lobo, y que lo único que podían hacer era renunciar, conseguir otro empleo distinto pero profundamente igual, o seguir allí, donde por lo menos tenían amigos, donde por lo menos estaban relativamente cerca a sus casas o a la de sus novias o al *mall*, a donde de todos modos irían más de tres veces a la semana?

Fue entonces que María C. vio a la cucaracha que un rato antes se le había escapado, y la criatura se deslizó por encima del mostrador, a pesar de las presencias de ella, de Lisa, la jefa, y de su hija, que seguía con su mantecado, comiéndoselo parsimoniosamente, recostada del mismo gabinete de horita, escaló la caja registradora, pasó por entre las teclas, frente a los ojos de la jefa, que la miró incrédula, llegó al extremo de la pared, la escaló, subió muy rápidamente por la misma, dobló a la izquierda, se trepó en el marco de madera de la puerta, y entró al pasillo, donde descendió hasta dar con el zócalo, titubeó, dio lo que pareció ser un salto y aterrizó en el suelo. Allí procedió por unos largos segundos hasta encontrarse con Mario, que la había estado mirando desde el fondo del pasillo y que había alcanzado una guía telefónica, de páginas amarillas, y la había levantado por encima de su cabeza. Todos inhalaron profundamente, esperando el golpe. María C. inmediatamente miró al rostro de la hija de Lisa, la jefa, que se compungió, que se arrugó hasta llegar a lo que parecía ser el punto de quiebre que da paso al llanto. La vio allí, esperando por lo que vendría, incómoda en el trajecito demasiado ajustado que odiaba, el trajecito demasiado ajustado que Lisa, la jefa, amaba, y justo en el momento en que Mario tiró con toda su fuerza el libro amarillo, María C. hizo un brusco movimiento con su codo que, con toda alevosía, tumbó el mantecado de las manos de la niña, y lo hizo dar media vuelta en el aire, desprenderse de la barquilla y aterrizar, en toda su furia chocolatosa, en el estampado de flores que cubría el pechito preadolescente de la niña, y el estrépito del azote, la explosión que hizo de la cucaracha nada y del vestido de la niña un desastre, fue seguido por un profundo y momentáneo silencio.

Desde el fondo del área de los clientes, uno de los Cárloses vio lo que hizo María C. y sintió que algo se le estrujó por dentro a la misma vez que los ojos de la niña estallaron, no en un llanto, sino en algo mucho más en carne viva que eso; una furia que inmediatamente dio a la traición, a la pena, al bochorno y, luego, a la revelación, a un develamiento hondo y doloroso que algo le dijo de la «vida real» o, quizás, solo de María C., a quien todavía miraba absorta, como si recién descubriera que la heladera, a pesar de su apariencia, estaba más cerca a su madre y a ese mundo de adultos en el que residía, que a ella, en su inocencia, en su vulnerabilidad. La niña se quedó allí de pie, con sus brazos levantados, esperando que la mirada de la madre diera con ella, como lo hizo de inmediato. Lisa, la jefa, dejó caer el dinero en la caja abierta, y en un movimiento brusco agarró a su hija por la muñeca de su manita izquierda y de un tirón la acercó al mostrador, de donde rápido tomó un montón de servilletas y comenzó a limpiar el vestido, murmurándole a la niña palabras que ninguno de los Cárloses podía escuchar desde donde estaba, pero que María C. sí. Palabras duras. María C. no quiso o no pudo mirar más a la niña y cambió la mirada hacia el otro Carlos, y este vio cómo se le aguaban los ojos a su compañera, cómo levantó los hombros en el más mínimo gesto como diciendo que no se le ocurrió nada más, y Carlos exhaló, retomó la escoba que tenía en las manos y le dio la espalda. Así, ocupándose en un piso que ya había barrido hasta la saciedad, escuchó a Lisa, la jefa, decirle a María C. que se encargara de la caja, decirle a la niña que era un desastre, y, cinco minutos después, salió por la puerta principal, no sin antes decirle a Mario que el negocio estaba malo, que no necesitaban tantos empleados, de modo que podía ponchar e irse a su casa. La niña siguió a la madre en silencio, arrastrando sus ojos aún sorprendidos por el piso inmaculado. Una vez afuera, a través del vidrio, la niña buscó la mirada de este Carlos, con quien en más de una ocasión también había hablado, como si supiera que él había visto lo que sucedió, como si le rogara que le dijera a su madre que no fue su culpa, pero él la evitó, porque sabía que bajo el examen de la niña se desharía. Solo entonces, ya alejada de la tienda, de la mano apretada de su madre, comenzó a llorar.

María C. lanzó un vistazo a su reloj y vio que eran las nueve y diez. Volvió a mirarlo y juró que daría lo que fuera para que sus manecillas adquirieran velocidad, que se transformaran en hélices de helicóptero y arrancaran aquella hora y la que le seguía y la que le seguía a esa hasta que estuvieran listos para huir, hasta que se le desapareciera la culpa que comenzaba a subirle garganta arriba. Pero nada de eso ocurrió y las dos horas que siguieron fueron lentas, el ardor del remordimiento, localizado en algún lugar entre su garganta y sus glándulas lagrimales, intenso, y los clientes, escasos.

18

Las once y ocho de la noche se tardan en llegar, pero cuando por fin están ahí, todo sucede rápido. Los cuatro heladeros restantes salen de la tienda en fila india y dejan rezagada a la última clienta con el mantecado de fresa, bizcochito amarillo y whip cream en las manos, y le dicen que volverán en un segundito, y ella los mira abrir la caja registradora y los mira sacar el dinero y echarlo en una bolsa y seguramente se pregunta ¿qué está pasando?, pero se le pasa muy rápido, porque no tiene la menor idea de qué implica trabajar en una heladería, a pesar de que ese año que corre visitó The Creamery más veces que la casa de su madre. Los heladeros también dejan la tienda encendida, como un faro en el centro comercial, y dentro de esta, en los resquicios y entre las losetas y en el mínimo espacio entre los helados, también dejan cien, doscientas, trescientas, cuatrocientas cucarachitas pequeñitas con sus alitas y sus antenitas y sus miradas atentas y juzgonas. Aún hoy, muchos años después, Carla María no puede evitar imaginar a las cucarachitas quietas, tranquilas, acechándolos desde su silencio como si supieran algo que ellos no, pero no importa, se dijo entonces, porque ahí están: ellos, abordando la miniván en fila india; María C. esperando nerviosa en el volante; uno de los Cárloses ocupando el asiento a su lado y ella, Carla María, entrando al estómago de aquel vehículo que tiene algo de ballena blanca; todos listos y dispuestos. Quién diría que sería tan fácil, se dijo Carla María en aquel momento. Quién diría que allí estarían, continuó, esta vez en voz alta, pero justo en ese momento uno de los Cárloses, que va detrás de ella, retira el pie con el que tomaría impulso para lanzarse al interior del vehículo, a su lado, justo cuando ya casi todos están adentro, justo cuando ya casi Carla María canta victoria, y dice que perdón, pero no me apunto, así, *verbatim*, y todavía la sentencia le resuena a Carla María. Todavía la puede escuchar, de hecho, casi once años después, cuando se baja de su propio automóvil y se obliga a abrir la puerta del restaurante de hamburguesas en Plaza Centro. Dice que él no se apunta y explica por qué no, aunque ya nadie lo escucha —es decir, lo oyen pero no lo registran—. A pesar de que están mirándolo, a pesar de que la mueca de sorpresa y de dolor todavía no se les ha borrado de las caras, ya han decidido expulsarlo de sus sistemas, ya han decidido hacer un torniquete, detener el desangramiento, y permitirse sus viajes, que son muchos y uno a la vez, porque ya todos han tomado la misma decisión que él ahora destoma y, a pesar de que ya está tomada afirmativamente, a pesar de estar montados allí, siguen tomando la decisión en silencio, segundo tras segundo, latido tras latido, y la repentina retirada de uno de los Cárloses los obliga a tomar la decisión con más intensidad aún, con más ahínco, y María C. se ve preguntándose, al mismo tiempo que mira sus manos apretar el volante de cuero gastado que ha apretado tantas veces antes, si uno puede asaltar una tienda sin que nadie se entere, y si no es posible, qué diablos es lo que están haciendo ellos allí, por qué han tomado aquella bolsa que no da ni para mucho ni para largo, y cómo le llaman al gesto, entonces, si no un asalto, y aún en plena pregunta María C. enciende la miniván y alguien cierra la puerta y ella pone el vehículo en reversa y retrocede para salir del estacionamiento y luego en primera y despega en la fuga más lenta del mundo. Desde el retrovisor, enmarcado en esa extraña forma trapezoidal, María C. ve al Carlos retirarse, regresarse a la tienda, solo, cada vez más pequeño, por la distancia, y lo ve mirar hacia la tienda encendida y recuerda que en una de las novelas fantásticas que leyó, en una en la que hay una serie de barcos que son conscientes y hablan y piensan porque fueron construidos con una madera sobrenatural, uno de los capitanes, el menos espectacular, quizás el más cotidiano de todos, decide regresar al barco que le ha sido otorgado, a pesar de que el barco ha perdido la razón e insiste en naufragar. El capitán decide que o recobrará el barco, lo cual implica crear una relación entre él y la embarcación, o lo ayudará a destruirse, a pesar de que es casi imposible, porque fue construido por el barquero más habilidoso del continente. En la novela, el regreso del capitán no es presentado como un acto de honor ni de heroicidad, sino como una estupidez, pero a María C. siempre le pareció increíble y ahora, después de tanto tiempo de haberla leído, pensaba en ella mirando a Carlos, a Carlos que se alejó hasta desaparecer en la oscuridad y luego resurgir nuevamente, ya silueta, ahora a contraluz de la tienda encendida, a Carlos que antes de abrir la puerta se detiene, como si hubiera visto algo desde la cola del ojo, a Carlos voltearse y enfrentar a una figura, a Carlos dar un paso atrás, a Carlos ver cómo la figura, Antonio, se le abalanza encima y lo tumba, y cómo la figura levanta su puño y lo deja caer, una vez tras otra.

La mueca en el rostro de María C. hace que Carlos se dé la vuelta como buscando al otro en la oscuridad, pero no lo ve, o no lo ve inmediatamente porque está en el suelo y la miniván está muy lejos, pero teme lo peor porque ve a Antonio, alejándose. Teme más o menos lo que acaba de suceder aunque no lo dice, aunque no se atreve a mencionarlo y no sabe que los otros imaginan lo mismo, aunque fue solo María C. la que lo vio, y ella, de hecho, se pregunta que hasta dónde llega la preocupación por el prójimo, pero, entonces, este Carlos le coloca una mano en el hombro derecho y le aprieta suavemente y ese gesto tan leve es suficiente para desinflarla, hacerla posponer la gravedad de lo que acaba de suceder y enfocarse en la tarea que tiene entre las manos: un escape o un robo o una fuga o quién-sabe-qué —habría que preguntarle a Carla María cómo llamarlo, ya que fue la que lo propuso, que fue la que lanzó la piedra y ahora parecía esconder la mano en el asiento del fondo de la miniván, el asiento al que no le llega la luz del exterior ni la del interior, y en el que Carla María está sentada a oscuras, totalmente invisible, con la espalda recta, con las manos colocadas sobre su falda como una nena buena, pero totalmente en silencio, pensando en la película de los pingüinos que vio esa tarde y preguntándose si los animales piensan o, mejor dicho, si piensan como nosotros, y si no, qué es lo que hacen y cuánto de eso también está presente entre los hombres y las mujeres y los está influyendo a ellos y ellas ahora mismo, a ellos y ellas que, por el momento, se detienen en el peaje, depositan las pesetas necesarias, y esperan porque la máquina las cuente y los deje pasar. Finalmente, el brazo se eleva, y ellos y ellas siguen, aún lejos del destino final pero, como quiera, más cerca de lo que ella pensó que estarían.

Carla María no está callada porque quiera estarlo, sino porque siente que no debe decir nada, que ya ha dicho lo suficiente. Ahora, quizás, lo que le toque a ella sea callar y dejar a los otros hablar, que las cosas pasen a través de ellos y que, finalmente, le lleguen a ella, así, pasivamente. Quizá lo que le toque a ella ahora sea comenzar el largo trecho entre el dicho y el convertirse en Noemí, *whatever that means*; abstraerse, quedarse allí en aquel asiento sentada hasta que los bordes se le comiencen a hacer translúcidos, y después todo lo demás, hasta desaparecer y deshacerse así, de una vez por todas, de aquella bola de ansiedad que lleva criando adentro desde siempre; aquella bola de ansiedad que ahora mismo está empujando cuesta arriba, como una Sísifo, aunque en este caso el peñón no es sino su cuerpo y pesa como el diablo. Sí, exacto, quizás lo que le toque a ella ahora sea dejar que se desenvuelva aquello que comenzó a desenvolverse cuando el rompecabezas y Ricardo y la mesa que se anunciaba por entre las piezas y por debajo de todo, y sí, dejar ser a aquello que ella puso en movimiento, aquella gran renuncia, ¿renuncia a qué? Carla María supuso que a aquella vida que hasta hace muy poco ella misma también visualizó y disfrutó en tanto fantasía, aquella vida en la que ella y su exnovio montaban algo, construían algo desde cero como lo habían hecho tantos antes que ellos y, en el proceso, disfrutaban la construcción, que era lo más importante, o eso decía él, o eso creía ella... pero ya nada de eso y Ricardo ahora andará perdido, mucho más perdido que ella, andará buscando recomponer su vida, rehacer sus rutinas y sus hábitos y cómo saber que él no cambiará debido a todo esto, que él se volverá otra persona, quizás la persona que se supone que fuera si ella no hubiera interrumpido algún proceso o quizás una persona de la cual no había ningún rastro antes, pero ¿qué importa? Lo que importa es que ya todo estuviera pasando y que entre ese todo que sucedía estuvieran ellos en aquella miniván blanca en dirección ¿a dónde?, ¿a dónde los llevaba María C.? ¿Importa? ¡No! Claro que no importa: importa que estén de camino, importa que lo hagan todos juntos, aun sin el Carlos que dijo que no. Importa que hubieran, sin decir una palabra, aceptado seguir hacia delante, a pesar de Carlos, de Carlos que ¿qué? De Carlos que se encontró con Antonio, de Carlos que no lo vio hasta que fue demasiado tarde, de Carlos que se dio media vuelta solo para enfrentarlo, de Carlos que intentó dar un paso hacia atrás antes de que Antonio se disparara como un revólver, de Carlos que intentó preguntar si aquello realmente era necesario; a pesar del estrépito que desencadenarían los cuerpos cayendo y luego los golpes desembuchándose contra un cuerpo más bien pasivo; a pesar de que la clienta que dejaron en la tienda termina su mantecado y echa las servilletas en el zafacón y se pregunta que dónde están los empleados, al mismo tiempo que articula una queja y se asoma a través del vidrio inmenso de la fachada y ve allí, bloqueando la puerta, imposibilitando su salida, a uno de los heladeros tirado, sin gritar, apretando su rostro entre dos manos, como una estatua o quizá no, quizá como un bebé, aún incapaz de entender que sí, que le habían dado una paliza por la estupidísima razón de haberle cobrado un mantecado a un cliente, aún incapaz de entender que debió haberse ido con los otros, que realmente *quiso* irse con los otros.

María C. siente que el tiempo se alarga, porque no ha pasado ni tan siquiera un minuto desde que atravesaron el peaje de Caguas a San Juan, y, en esa larga duración, ha lanzado más de cinco vistazos por el retrovisor, intentando descifrar los ojos de Carla María, porque siente que tiene que ser ella quien rompa el silencio, tiene que ser ella quien les cuente a todos lo que le ha pasado al otro Carlos. El otro Carlos: no hace más que decírselo a sí misma en silencio y, de repente, se percata de que los Cárloses son totalmente distintos, que no se parecen ni física ni emocionalmente, y, de golpe, no entiende cómo es que hasta hace unos minutos no pudieron verlo. Allí está Carlos, sentado; allá está Carlos, ¿tirado? Y este Carlos... ¿Qué sabe ella de él? ¿Qué sabe ella de Carla María, que está allá al fondo? Es más, se dice, a duras penas saben unos cuantos detalles el uno del otro, unos cuantos datos entre los que no se encuentran ni sus apellidos ni las fechas de sus cumpleaños. Se le ocurre, de repente, que quizá solo sean amigos bajo la mirada de Lisa, bajo la égida de los horarios que anuncia los sábados, horarios que para los heladeros no tienen ni pies ni cabeza y que siempre han pensado como resultado de sus caprichos. Quizá jamás habían sido tal cosa, quizá Lisa era realmente lo que decía ser, y los emparejaba en los turnos solo tras calcular la cantidad de horas necesarias para el surgimiento de una relación inicial, llana, pero ni un minuto más ni uno menos. Quizá Lisa había ingeniado todo eso, quizás hasta había previsto el *rise and fall* del mercado negro entre los sandwicheros y los heladeros, quizás había previsto que, en algún momento, intentarían algo así y ahora los esperaba cruzada de brazos, recostada contra el vidrio de los helados, con la mirada decepcionada aunque paciente de la madre comprensiva.

María C. imaginó a Mario allí entre ellos, imaginó que Lisa no lo había enviado a su casa, y como él era capaz de leerle el pensamiento, lo escuchó decirle que estaba equivocada, que aquello que tenían entre las manos en ese preciso instante era algo especial, y aunque siempre se había negado a hablar de sus años en el beisbol, en la imaginación de María C. él le echaba mano a una imagen pelotera —una imagen de un único juego en el que todos los jugadores de su equipo doble A se hicieron una sola máquina, un monstruo múltiple pero singular—. En su imaginación, le decía «calma poeta, que ya estamos ganando», y ella le respondía con una sonrisa y seguía manejando.

19

No van muy rápido, pero así lo sienten. Las cincuenta y cinco millas por hora a las que María C. los mantiene bien pudieran ser millones más, porque, aunque apenas rebasan la frontera entre Caguas y San Juan, se sienten a años luz de The Creamery where ice cream meets heaven. María C. decide encender el radio, porque todos están callados, y porque entre tanto silencio puede escuchar su pulso retumbándole en los oídos. Lanza un vistazo por el retrovisor y aunque no alcanza a ver a Carla María, que se ha deslizado aún más en la oscuridad del último asiento, sí a Carlos recostado, mirando el techo del vehículo. Si no fuera porque sus ojos están abiertos, lo pensaría dormido. Quiere decirles algo, o que ellos digan algo para abatir el silencio, pero, antes de formular un plan de acción, el locutor radial le madruga la sensación. Muy pronto se descubre envuelta en una ola de percusión liviana, luego en una irrupción electrónica y, entonces, tras unos ecos lejanos que anuncian una fiesta en América, surge el canto de Chayanne, que sentencia que hoy corren malos tiempos, ya lo sabes, buen amigo. Así porque sí, de la nada y a través del retrovisor, María C. ve a Carla María saltar en plena canción. Carlos parpadea y se junta al coro como si lo hubieran programado y, de repente, están los dos cantándole a los oídos a la conductora, aleteando los brazos a su alrededor con una seriedad increíble, y una vez que culminan los tres minutos de canción, se parten de la risa, consumidos por una pavera de estudiante de escuela intermedia que poco a poco cede a un silencio que es distinto al anterior.

Allí, casi, casi encima del guía, los tres heladeros ya no piensan en lo que acaban de hacer, en que tomaron un dinero que no les pertenece, en que abandonaron la tienda, en que dejaron a Carlos atrás, aun cuando vieron que estaba en peligro. Por el momento, no piensan en nada de eso simplemente porque *ya pasó*. Ahora, allí, todos con los ojos pegados al mismo horizonte de asfalto comienzan a pensar en lo que le sigue, y María C., muy adentro, ya puede ver la carretera de tierra utuadeña que corre paralela al río Criminales. Ya puede ver la casa de cemento que recuerda de su niñez. Ya puede ver las hileras de ventanas Miami y la hoja de aluminio ausente en el último tercio de la fila de la izquierda, a través de la cual se asomó antes, y también puede verse haciéndolo otra vez, y avistando los muebles cubiertos de polvo y humedad y telarañas y, acto seguido, los ve a ellos tres entrar a la casa, mirar a su alrededor, respirar profundamente y calcular qué tanto esfuerzo será necesario para hacer aquel espacio habitable, y será ella la que querrá disculparse, reanimarlos, hacerles visualizar las posibilidades de aquel lugar, pero, como en la miniván, no tendrá que hacerlo. Carla María dará un paso hacia delante y con en el mismo movimiento lanzará una manotada por encima de una mesa y levantará el polvo y la mesa se revelará de vidrio, y esa misma superficie atrapará uno de los primeros rayos del amanecer y lo lanzará multiplicado en todas las direcciones. Así, se iluminará de un momento a otro la posibilidad de otro mundo dentro de este, y en las paredes los retratos de la familia que abandonó aquella casa en algún momento les sonreirán, y María C. querrá llorar, pero se aguantará hasta la noche siguiente, no porque sienta la necesidad de esconder las lágrimas sino porque sabrá que hay demasiado que hacer en esa primera hora de ese primer día del año cero, porque sabrá que todo dependerá de que ese primer día salga como tiene que salir, que todo salga como nunca ha salido nada en su vida. Carlos cruzará la sala de pared en pared, poco a poco dándole manigueta a los operadores de las ventanas, así garantizando que la luz del día fije aquel espacio, lo haga duro y presente. María C., por su parte, abrirá las puertas de las habitaciones y sus ventanas, dándole la oportunidad a toda aquella humedad cautiva para que retroceda, para que continúe su largo proceso de hacerse lluvia o niebla y así regrese a los mares y océanos y ríos de los que fue cercenada quién sabe cuándo. En ese proceso va contando las camas en las dos habitaciones y ve que hay una doble en el cuarto grande, y dos pares de literas en el pequeño, y sonreirá porque ya en ese momento sabrá que los tres dormirán en las literas, porque para qué fragmentarse, si acaban de lograr lo contrario.

María C. saldrá de la habitación y verá a Carla María en la cocina, mirando por una pequeña ventana que da hacia el patio trasero, que más que nada parece un jardín silvestre, con unos palos de acerolas y guayabas y dos palmas gigantes de pana. María C. querrá hacerle un chiste a la compañera, algo relacionado a cómo harán para agenciarse una pana, porque los troncos son altísimos, pero Carla María la mirará y reirá, casi como robándole el pensamiento. Un poco más allá de las palmas, detrás de un matorral bastante alto, se esconderá una quebrada cuyo silbido podrán escuchar y la cual supondrán conectada al río. Carlos irrumpirá en su campo de visión, ya en el patio. La grama le llegará a los muslos. Tomará una de las frutas y la probará y querrá sonreírles, pero la acidez de la acerola le obligará a una mueca que las hará reír. Caminará hasta donde ellas supondrán que comienza el agua y mirará más allá, hacia el horizonte, porque creerá ver, al otro lado, el patio de otra casa. A María C. ni se le habría ocurrido hasta ese momento la posibilidad de que tuvieran vecinos, ni cómo harán para relacionarse con ellos y explicar su presencia, o la lógica bajo la cual —efectivamente— se apropiarán de la casa. De la nada, Carla María le tomará las manos y se las apretará, y María C.

se las llevará a los labios y, sin saber por qué, le besará la yema de los dedos, y Carlos las mirará desde el exterior y sonreirá, ¿y cómo se le llama a eso que harán ellos allá?, se pregunta María C. en el volante de la miniván, con los otros dos heladeros aún apiñados a su lado, ocupados en versiones increíblemente similares a la suya.

Después de eso, todo es decepción, por supuesto.

Carlos se dice que si hubieran prestado atención habrían visto los signos antes: vehículos detenidos en el paseo de la autopista, automóviles que viran en U en los pequeños conectores para acceder la vía contraria y así regresar a Caguas, el lejano eco de los bocinazos. Todo aquello se había desenvuelto durante el día. Y allí, una vez que todos se percatan de ello, se dan cuenta de que lo sabían, que, de cierto modo, lo habían tenido presente.

En la autopista, un poco más allá de Montehiedras, se encuentran con los camioneros, ya en su quinta hora de paro general. O, para ser más precisos, no se encuentran con ellos *per se*. Se encuentran con los cientos de carros estacionados en las vías, con las personas sentadas en los bonetes o tocando bocina y maldiciendo a los huelguistas desde el interior. Enlelados, parquean la miniván y caminan entre los vehículos, entre las personas, y logran ver, a lo lejos, media docena de camiones quietos, en dirección contraria a la vía, con sus faroles mirándolos directamente, como una asamblea de dragones. Una vez más, María C. siente la necesidad de decirle algo a los otros dos porque se han quedado callados. Cuando se da la vuelta para hacerlo, Carlos y Carla María le evitan la mirada.

20

Más tarde, Carla María entra sola a The Creamery where ice cream meets heaven, con la bolsa de dinero en la mano. María C. la observa desde el asiento de la miniván. Carlos está de pie, también mirándola, a medio metro de su propio carro, que lo espera cerca de un poste en el estacionamiento. La tienda está vacía cuando llega. La puerta, abierta, sin candado. Pero nada ha cambiado en su interior. Las mesas siguen tan limpias como las habían dejado, las sillas tan organizadas como era de esperarse. Los vidrios, inmaculados. El reloj de la pared insiste en las mismas once y cincuenta que marcaba en la mañana. La música se ha detenido: ese es el único cambio. No hay rastro alguno del otro Carlos. Carla María mira la lista en la que firman al salir, y ve que él no lo hizo. Sabe que se ha ido, pero, de todos modos, golpea a la puerta del baño de varones con sus nudillos, y espera por un segundo. No recibe respuesta. Le duele un poco. Vuelve a la máquina registradora, impone su clave y saca el dinero de la bolsa. Coloca los billetes de un dólar en su lugar, los de cinco a su derecha, y sigue con los de diez y veinte. El único billete de cincuenta lo esconde debajo de la bandeja negra, como se le había indicado desde el primer día de entrenamiento.

Mañana nada habrá cambiado, se dice, con excepción de que ella no aparecerá a su turno ni responderá el teléfono cuando Lisa, la jefa, la llame y le deje siete mensajes de voz, uno tras otro. Después de estos, en un octavo mensaje, la dueña la despedirá. Ni María C. ni Carlos comparecerán tampoco. Aun sin ellos, Lisa, la jefa, podrá correr la tienda. Carla María se dice que quizá debería aprovechar e ir a la playa.

Toma las cucharas, camina a la nevera de helados y los revuelve como se supone que lo hagan siempre antes de cerrar la tienda. Desde allí, con sus manos ocupadas, hasta el codo en la bandeja semivacía de helado de chocolate, lanza un vistazo a los otros dos heladeros. María C. la ve, eleva una mano, despidiéndose, y hace desaparecer su miniván blanca. Carlos ya se ha ido. En el silencio, Carla María se ve tentada a decirse que nada de aquello valió la pena, pero no lo hace. Algo ha cambiado, pero no sabe qué. Tampoco lo sabrá once años después, pero estará segura de ello. Todo en la tienda parece más opaco, como si algo en su textura se hubiera alterado, como si la luz se refractara de un modo distinto antes de bañar las superficies de las cosas.

—No me lo creo —se dice, aunque le suena raro al hacerlo. Pero es cierto. La verdad es que no se cree nada de aquello. Es decir, no es que dude de la veracidad de las cosas, de la tienda, de las mesas, de aquel helado que sigue revolviendo. No, es que simple y sencillamente no se las cree. Poco a poco, con los años, entenderá que esa sensación no se limita a la tienda o al trabajo en general, sino que se disemina a través de toda su vida cotidiana hasta el punto en que su existencia entera vendrá a distribuirse en dos modos de estar: ansiedad e incredulidad. En ese momento, sin embargo, el descubrimiento la relaja, la sosiega. Lava las cucharas en la fuente y se sirve un helado de vainilla, con whip cream y pedacitos de un brownie que quedaba, y se sienta encima del mostrador, a comérselo. Le sabe bien. Desde allí, le da la bienvenida a los tres centímetros largos y deprimidos de vida aplanada, negro-púrpura, antenas filiformes, que ahí se asoman desde uno de los gabinetes, y cierra sus ojos e imagina que al lado de esa aparece otra y otra. Entonces, cientos, miles, millones de cucarachitas salen de debajo de las mesas, de los helados y las neveras y los zócalos y resquicios del edificio y como una gran ola comienzan a adquirir tamaño, a adquirir fuerza, intensidad, hasta que, *tsunami*, rompen sobre ella y la arrastran a la orilla.

21

Es cómico cómo una se convence de una cosa aunque sabe que no es tal, se dijo Carla María al informarle al muchacho flaco del bigote que hacía de anfitrión en el restaurante de hamburguesas que no necesitaba una mesa, que estaba allí para encontrarse con alguien. También es cómico cómo una siempre se puede desilusionar un poquito más, añadió. El restaurante estaba casi vacío y una vez dio dos o tres pasos, vio a Carlos al fondo. Sintió que algo por dentro se le desinflaba, que el estómago se le revolcaba, y se sorprendió por la intensidad de la decepción que se le anidó en el esófago. Sabía que iba a verse con este Carlos. *Fue* a verse con *este* Carlos. Y, sin embargo, allí, al ofrecerle una sonrisa, al no saber si darle la mano, un abrazo o un beso en el cachete —y hacerlo todo a la vez con una torpeza increíble—, supo que en lo más profundo había deseado que fuera el otro, que fuera el que sí abordó la miniván con ellos, el que sí fue capaz de arriesgarlo todo, de lanzarse hacia el vacío.

Cálmate, se dijo a sí misma, porque, a pesar de todo, aquel hombre frente a ella —y le sorprendió pensarlo así, como un hombre— era uno de los Cárloses y, por lo tanto, uno de los heladeros, una de las pocas personas con quien compartió aquella ventana de tiempo en la que… ¿en la que qué?, se interrumpió.

—Estás viejo —le dijo y él se rio. De hecho, había envejecido. Aunque aún no le había llegado del todo, la calvicie estaba en su horizonte. Tenía una camisa blanca de mangas cortas, con tres rayitas tejidas a cada lado de los botones. Parecía una guayabera, pero no lo era. Estaba bien planchada, lo cual le sorprendió a Carla María, aunque no supo exactamente por qué.

—Tú no —le dijo él—; te ves súper bien para cuarenta y siete.

—En años de perro, claro. Una nena en la flor de su juventud.

—Obvio —dijo él y los dos soltaron una carcajada nerviosa.

—La verdad que parezco una pasa —dijo Carla María y se tocó con los dedos las arrugas que apuntaban hacia sus sienes y las que tendían una carpa por sobre sus labios.

Carlos le dijo que exageraba y subrayó que, como era evidente, él estaba en proceso de quedarse calvo. Carla María le dijo que se dio cuenta, y los dos rieron nuevamente.

La mesera se les acercó, los saludó, les dio los menús y esperó por sus órdenes.

—¿Pedimos unas cervezas? —preguntó él.

—No sé. ¿No es temprano? —dijo ella.

—¿Qué piensas? —le preguntó él a la mesera.

—Yo diría que vale la pena. Por la amistad y todo eso —respondió la muchacha con una mueca, y añadió—: O por eso de aprovechar. Quién sabe hasta cuándo tendremos cervezas, ahora con lo de la Junta.

—Uy —dijo Carla María—, por la amistad y todo eso, jamás. Pero por lo de la Junta por supuesto que me bebo algo.

—Bueno, entonces por la Junta de Control Fiscal. A ver si dejan algo.

—Quién sabe si cuando vendan el Yunque por fin nos caiga nieve.

—No sé qué tiene que ver una cosa con la otra —dijo Carlos—, pero lo que tú digas.

—Dale —responde Carla María, y cuando lo hace ya no está allí, está a unos cuantos metros de distancia, alejada de su cuerpo. Los observa en tercera persona. Los ve intercambiar nimiedades. Los ve intentar estudiarse sin que el otro se dé cuenta, como si quisieran constatar que están allí, como si quisieran asegurarse de que aquella persona que está frente a ellos es aquella con la que compartieron tantos turnos, que es la persona a la que vieron por última vez una noche que bien pudo hacer sido la noche más importante de sus vidas o no. Pero no dicen nada al respecto. Realmente, no hablan de los demás heladeros ni de The Creamery where ice cream meets heaven ni de Lisa, la jefa, ni de sus vidas. Es casi como si temieran hacerlo. Como si tocar el tema los obligara a tener que discutir otras cosas, a tener que discutir sus vidas más allá de la anécdota, más allá del detalle biográfico. Hacerlo implicaría pasar examen, y ninguno de los dos quiere lanzarse en ese proceso a pesar de que es la razón por la que están allí. Sí, se dice la Carla María que observa a Carlos y a Carla María hablar, están allí porque los dos quieren saber algo, porque los dos *necesitan* saber algo, y porque lo han buscado en mil lugares distintos, porque gran parte de los últimos cinco o diez años los han pasado diciéndose que no es posible que los mejores años de sus vidas estén ya en el pasado, que los mejores años de sus vidas hayan ocurrido dentro de una heladería que a todas luces odiaron, que hayan ocurrido bajo la mirada de Lisa, la jefa, dictados por sus horarios, por sus pequeños abusos.

Observándolos, allí, esta Carla María, la que está lejos de los dos cuerpos, se pregunta que qué ha pasado en la vida de ese Carlos, qué ha pasado durante esos once años en los que se supone que se solidificaran, que pasaran de chamaquitos a adultos, a ser miembros productivos de la sociedad.

—¡Pregúntense! —les quiere gritar esta Carla María, pero así no es que funciona esto de la epifanía, y los ve, en vez, rendirse a la anécdota, a contarse sus respectivas vidas. Carla María le dice que tiene una nena. Carlos le pregunta acerca del padre. Carla María tira de los hombros y se dice que no le mentirá, pero como quiera lo hace. Él le dice que entiende y cambia el tema. Ella se dice que algún día le contará la verdad. Él le cuenta de su vida. Le dice que trabaja de contable, que intentó montar su oficina, pero la cosa se fue a pique bien rápido y ahora trabaja *part-time* en una compañía gringa haciéndole los impuestos a la gente. Medio *bad trip*, dice él. Ella le dice que entiende. Él le dice que sus papás murieron como cuatro años atrás, en un accidente automovilístico; que está casado, o casi. Ella lo felicita. Él le dice que las cosas no van bien. Ella le pregunta por qué y él le dice que es su culpa. Quiere que vayan bien, le dice, pero no sabe por qué no puede convencerse. Él le dice que cree que su pareja está cansada de él. Ella le pregunta si tienen hijos. Él le dice que no, pero que no sabe por qué. Ella le dice que no importa, y por eso de intercambiar confianzas, le dice que ella no puede llamar a su nena por su nombre y solo le dice «la nena». Él se ríe y ella se ríe y terminan la segunda cerveza. Se quedan en silencio y escuchan la música del restaurante un rato, aunque no logran precisar quién canta.

Más o menos media hora después, Carla María está en su carro, el cual durante esas dos horas bajo el sol veraniego se convirtió en un horno. Por no ir a su casa, que estaría igual de caliente, decide mover el vehículo un poco más allá en el estacionamiento, para caminar por Plaza Centro, el centro comercial, y deshacerse de la pelota que se le ha formado entre garganta y pecho, y que no sabe si es decepción o expectativa. Cuando le dijo a su mamá que cuidara a la nena, pensó que aquel reencuentro duraría más. Ahora, pasando por entre las tiendas, se repetía que había sido demasiado ingenua y se preguntaba que qué esperaba. Escuchó, a lo lejos, en su cabeza, a su mamá decir que no podía pedirle peras al olmo, pero, entonces, quiso saber quién era el olmo en este caso, y si era ella, ¿por qué no había sido capaz de mencionar el asalto? ¿No decidió reencontrarse con Carlos exactamente con ese fin: enfrentar por primera vez aquel 22 de julio y, con suerte, exorcizarlo? Sí, esa había sido su intención, pero ¿cuál había sido la de Carlos? ¿Será que ni tan siquiera recordaba aquel día? ¿Será que, para él, aquella acción había sido una entre muchas y solo le escribió motivado por la melancolía del velagüira, aquella misma nostalgia con la que se busca a los amigos de la infancia y a los viejos amantes por Facebook con esperanzas de hallar en ellos algo que ya no se halla en sí? Tal vez fue solo eso, y a once años del asalto la única conclusión que podía dársele a aquel, el capítulo más largo de su vida, inevitablemente sería así de anticlimático, así de insatisfactorio.

22

Unos días después, Carlos le escribe diciéndole que fue un placer reencontrarse, y le dice que le avise cuando tenga un día libre, «para hacer algo». Carla María no le responde de inmediato, pero finalmente intenta convencerse de que algo ha cambiado en ella y le dice que sí. La primera vez que hacen planes, Carlos la invita con unos amigos al Viejo San Juan. Ella deja a la nena con su mamá, y lleva a su única amiga, Natalí. La pasan bien y conoce a varios de los amigos de Carlos, que intentan flirtear. Ella les sonríe a todos, pero no corresponde. Conoce a la novia o esposa de Carlos, que se llama Cynthia. Un mes después, ya Carlos se ha separado de ella y comienza a buscar más a Carla María. Al principio, Carla María mantiene su distancia, porque lo menos que quiere es involucrarse con él. Poco a poco comienza a verlo más a menudo. Para la cuarta o quinta ocasión, ya es evidente que nada romántico surgirá entre ellos, que se trata más que nada de una amistad y solo entonces ella le presenta a la nena. A veces, van y pasan un rato en casa de la mamá de Carla María, porque la suya es muy chiquita, con Kiara, su hermana mayor y la nena. Muy pronto, tanto Kiara como la mamá le cogen cariño a Carlos, y mientras una adopta la mala maña de hacer comentarios inapropiados, la otra lo evita y le atribuye al nuevo amigo el repentino cambio de personalidad de la menor Rosado Rojas.

Con el tiempo, Carla María logra arrancar a Carlos del mundo de The Creamery where ice cream meets heaven e insertarlo en esta nueva época. Le toma tiempo hacerlo, pero cuando por fin concluye la transferencia consigue deshacerse de la heladería. O, por lo menos, consigue sellarla, aislarla en una pequeña y oscura provincia en su interior. Es cierto que permanece allí, presente, como un tumor entre su corazón y sus pulmones. Es cierto que la siente al respirar, al comer, al hablar, y al dormir, pero prefiere no intervenirla, por eso de no correr el riesgo de que haga metástasis y carcoma sus órganos vitales.

Ocasionalmente, Carlos habla de los otros muchachos. Lo hace de pasada, como si se le ocurriera de repente que a ella podría interesarle. En esos momentos, Carla María respira hondo, como para evitar el crepitar de la ansiedad y siente palpitar el tumor. Suele hacer una que otra pregunta, pero no muestra demasiado interés, por lo cual Carlos remata los relatos en una o dos oraciones. A veces, cuando la nena está presente y escucha los nombres, comienza a interrogar a Carlos con el ahínco que solo se le permite a los niños y, en esos momentos, Carla María le agradece, porque

Carlos le responde todas y cada una de las preguntas con una paciencia increíble, y ella va acumulando todos los detalles, uno a uno, y comienza a armarlos, como un rompecabezas.

La mañana del sábado 23 de julio de 2005 ninguno de los Cárloses respondió las llamadas de Lisa. Tampoco lo hizo María C., Maricarmen se apareció finalmente y, junto a Juan Carlos, cubrieron todos los turnos del día. Maricarmen se lo contó a Carlos muchos años después, cuando se lo encontró en un café en Las Catalinas, que cerraron poco después. No fue un encuentro amistoso, evidentemente, porque aquella mujer, que seguía trabajando en la tienda, ahora como asistente de gerente, aún permanecía resentida.

Como en el 2008, Carlos se encontró por primera vez con Juan Carlos, y este le comentó que Maricarmen exageraba, que por el paro de los camioneros, la tienda había permanecido vacía y Lisa, la jefa, le dijo a Maricarmen que podía irse en la tarde. Él se quedó todo el día, pero como Marielys, su novia, estaba trabajando en la tienda de al lado también, no le molestó en lo más mínimo. A diferencia de Maricarmen, a Juan Carlos le había parecido cómico que ninguno se apareciera. Como de película, dijo. Según le contó, él siguió trabajando allí por más o menos un año más, y luego terminó de estudiar y se hizo maestro de Español en uno de los colegios cagüeños o en la Academia Calvario Milagroso, donde estudió Carla María, o en San Miguel, Carlos no estaba seguro. Fue Juan Carlos que, por pura casualidad y en diferentes encuentros, ya fuera en el Viejo San Juan o en Santurce o en las fiestas que el municipio organizaba en el casco histórico el último viernes del mes, le fue contando a Carlos de su tocayo, de María C., y de Mario. Por alguna razón, le dijo este Carlos a Carla María, él nunca se había tropezado con ninguno de los otros. Era como si lo evitaran, dijo, o como si él los evitara, no estaba seguro. Carla María se quedó callada, como para que continuara.

Juan Carlos vio al otro Carlos varias veces. Por alguna razón, se lo encontraba siempre en la playa, en Ocean Park, a pesar de que sabía que este seguía viviendo en San Lorenzo. La primera vez, que fue en el 2007, se lo había encontrado con unos primos y con la misma novia que tenía cuando trabajaban juntos. Estaba más flaco. Trabajaba con los tíos, ayudándolos cuando conseguían guisos de construcción. Mano de obra, dijo, y se había reído un poco incómodo. Juan Carlos hizo algún chiste acerca de cómo él tenía manos de nena, para aminorar la incomodidad —uno de los talentos que siempre tuvo y que había perfeccionado como maestro de escuela superior—. Aquel Carlos le comentó que estaba pensando apuntarse en el ejército, como hizo otro de sus primos que estaba allí con él. Cuando Juan Carlos volvió a encontrárselo, unos cuantos años después, le dijo que le pichó a lo del ejército porque otro primo le consiguió trabajo en los muelles. Ya para esa ocasión la novia se había mudado con él a casa de su abuela, y tenían dos nenes chiquitos. Juan Carlos lo vio bien, le dijo a este Carlos, aunque le pareció un poco áspero, como si hubiera recibido golpes lo suficientemente fuertes como para secarle el sentido del humor que alguna vez tuvo.

—Supongo que algunos maduran —dijo—, aunque otros no lo hagamos. —Y se rio—. De Mario, Juan Carlos escuchó que se mudó a Utuado, donde jugó unos años con el equipo de beisbol doble A los Montañeses. Juan Carlos intentó seguir la liga unos cuantos veranos, después de enterarse, pero le perdió el rastro y no sabía si seguía allí o si logró moverse a las grandes, aunque lo dudaba.

Juan Carlos vio a María C. apenas unos meses después, cuando aún trabajaba en The Creamery where ice cream meets heaven. Fue un martes, en la mañana. La tienda había abierto una hora antes y solo tenía como dos o tres clientes. Lisa, la jefa, había salido a hacer la compra, para completar el inventario. Atendía a alguien cuando ella entró, y le sonrió al verla. Era a la primera que veía desde el sábado que ninguno apareció, así que quería contarle todo lo que había pasado desde entonces. Una vez terminó con el cliente, él le preguntó que si quería algo, pero ella le dijo que no, pero que gracias. Hablaron de tonterías un rato —los nuevos sabores, unos pequeños cambios en la tienda, el perfil de los nuevos empleados— y al fin ella le preguntó que si estaba solo y al saber que sí, le preguntó por los Cárloses, por Mario, por Carla María.

Hasta ese momento, Juan Carlos le dijo a Carlos, él había pensado que todos ellos se habían mantenido en contacto, que se juntaban a menudo para reírse del asunto. La verdad es que, cuando se imaginaba eso, sentía un poco de envidia, «pero así es la vida». Fue la pregunta de María C. la que lo hizo percatarse de que no era así, que, de hecho, todos estaban tan aislados como él. Juan Carlos le comentó a María C. que ninguno había regresado el sábado después y ella no pudo evitar reírse. Él también lo hizo y esperó que ella dijera una de esas sentencias poéticas que acostumbraba, pero no lo hizo.

A modo de broma, Juan Carlos le preguntó si venía a buscar trabajo. Ella abrió los ojos, lo mandó al carajo, volvió a reírse, y meneó la cabeza. Venía a despedirse, confesó, porque se iba la mañana siguiente con su mamá a Kissimmee. Juan Carlos le dio su teléfono, le dijo que lo llamara cuando estuviera de vuelta por acá, visitando, para que pudiera quejarse de las carreteras puertorriqueñas y admirar la increíble perfección de las vías floridianas, como suelen hacer los que se van, y volvieron a reír.

Carlos le cuenta todo esto a Carla María una noche en el balcón de la casa de su mamá, mientras se beben una cerveza y después de que su hermana se ha ido y la nena se ha quedado dormida. Aunque están afuera, hace tanto calor que hasta los coquíes han detenido su algarabía. Era esa anécdota de María C. la que le faltaba a Carla María para completar el rompecabezas y una vez que la coloca da un paso hacia atrás y ve que a la imagen que se revela ante ella le falta brillo, contraste.

Allí, mirándola, siente lo que sintió la primera vez que se reencontró con Carlos: que se raja por el mismísimo medio y queda hecha dos. Una de ellas permanece allí, bebiendo cerveza en silencio, sentada en el balcón, sudando al lado de Carlos, y la otra está de pie en el centro de la calle, frente a los dos, mirándolos como si mirara una película.

—¡Pregúntense! —les quiere volver a gritar esta Carla María, porque desde donde está puede ver que se había equivocado: nunca logró aislar el 22 de julio. Fue al resto de ella al que desterraron a aquella provincia oscura, donde ha estado residiendo desde entonces. Tanto Carlos como aquella Carla María se quedan en silencio, terminan sus cervezas y, después de un rato, cuando vuelven a mirarse, para continuar la conversación, la Carla María que está acá, la que está observándolos, se da cuenta de que algo ha cambiado: los ve diferentes, los ve un poco más cansados, un poco más rendidos, y se percata de que ya gastaron todas sus municiones, que ya no tienen más nada que ofrecer, que aquello allí, frente a las cervezas vacías, son dos cuerpos en carne viva, y se dice que sí, que es entonces cuando ocurre, y no es Carla María quien menciona la fuga, la que menciona el asalto, sino él, el que los abandonó, el que les dio la espalda, Carlos.

—Los seguí, ¿sabes? —dice él.

—¿Ah? —Carla María no entiende.

—Ustedes se fueron.

—Tú nos dejaste —aclara.

—Sí, pero después los seguí —repite él.

—Nos dimos la vuelta.

—¿Por qué?

—Porque no pudimos. Porque era imposible.

—¿Por qué? —insiste él.

—Porque sí.

—Los seguí —vuelve a decir él, aunque ahora su voz suena un poco más firme.

—¿Cómo que nos seguiste?

—Cuando se fueron, no sé si saben, pero Antonio…

—Sí, lo vi… Pero estábamos lejos. ¿Qué pasó después contigo? Cuando volvimos…

—Los seguí —dice Carlos y pone su mano encima de la de Carla María, que está mirándolo directamente a los ojos, le agarra la mano, la aprieta, y Carla María la siente caliente, siente que hierve, siente que es candela y siente el calor subiéndole por los nervios. Lo siente incendiándola por dentro, encendiendo la leña que ha estado apilando muy en su interior y, de repente, estalla en llamas, toda ella coge fuego y siente la llamarada consumirle capa tras capa de su piel hasta que es toda músculo, toda desnudez y ya no es dos personas, sino que está toda ella allí, toda ella presente, y siente que quiere gritar, que quiere arrancarse los ojos para que no interrumpan el llanto que ha estado ahogando desde aquella lejana noche de julio en la que se fueron a la fuga y en la que Carlos le dice que los siguió, en la que Carlos le dice que se puso de pie después de que le desembucharon un golpe que lo tumbó, que se montó en su carro y tomó la autopista, y cruzó el peaje y, al igual que ellos, se encontró con el tapón de los camioneros, pero insistió, ¿cuántas horas le tomó? Muchas. Pero no importó, porque estaba dispuesto, dice, y finalmente, al día siguiente, se despejaron las vías y siguió, primero la autopista Luis A. Ferré, luego el Expreso José de Diego, y luego la Carretera 10 en Arecibo y siguió, coño, siguió tanto y tanto que cruzó de Utuado a un barrio muy lejano que decía llamarse Ángeles, y en algún momento se detuvo, porque no sabía a dónde iba, y frente a él encontró una casa, y era una casa como la que había descrito María C., o, por lo menos, era como él se la imaginaba, y no supo por qué, si andaba al azar, se sorprendió al no encontrarlos allí, pero decidió esperar, aunque no tenía mucho sentido. Se sentó en su carro y esperó, y dio la noche, y luego la mañana, y luego la noche siguiente, y allí, en el carro, se los imaginó a los cuatro viviendo, a los cuatro intentando armar otra vida, y qué hubiera sucedido si lo hubieran logrado, y qué hubiera sucedido si él se hubiera montado en la miniván aquella noche, porque era su culpa, dijo él, era su culpa que no estuvieran frente aquella casa juntos, todos, como se suponía. Esperó tanto frente a la casa que un vecino se le acercó, un señor mayor, y él le dijo que esperaba a unos amigos, y el señor le ofreció que se quedara con él. Un viejito muy simpático, muy solo. Un viejito como de mil años que lo trató muy bien y que le consiguió trabajo en una pizzería que quedaba más hacia el pueblo, y Carlos luego empezó a pagarle por el cuarto, y vivió con el señor como cinco o seis meses, como si fuera lo más normal del mundo. Durante todo ese tiempo, dijo, seguía esperándolos. Un poco patético, ¿no?, preguntó, pero Carla María no respondió porque aquello no era una pregunta, y Carlos le dijo que, por fin, se despidió del señor y volvió a Caguas y volvió a la vida y pasaron años, y conoció a su pareja y hubo muchos días felices, claro, pero que aquello todo se sentía como un ensayo, como puro estiramiento, ¿entiendes?

—Entiendo —dijo Carla María y lo dijo de verdad, lo dijo como no había dicho nada en muchísimo tiempo. Quiso preguntar que qué sucedía entonces, ¿qué se hace después de que dos personas llegan ahí, a la cornisa, al borde? Pero se dio cuenta de que aún se apretaban las manos, que aún se miraban a los ojos y esa comprensión tan repentina la hizo sentir la misma cosa que aquel 22 de julio de 2005; aquel exceso al que se llega al ir un poco más allá del horizonte de lo posible, de la amistad, y se dijo que quizás esta vez no tenían que irse tan lejos para huir, para armar ese *otro modo* de estar que tanto necesitaban, que quizás allí podían también armar aquella carencia que buscaban y en la que coincidieron alguna vez y a la que, de repente, solo se le ocurrió llamar *utopía*. La palabra le supo tan extraña, tan rara y refrescante que supo que *ya*, que eso era todo, que podían saltar; que saltarían, juntos, al precipicio.

—No —se corrigió muy rápido. Ya habían saltado. Ya estaban en el aire. Al otro lado.

En fuga.